W0270830

blue notes
9

Wenn Sie schon immer mal einen Blick hinter die Kulissen der Hetären werfen wollten, dann sind Lukians Hetärengespräche, *die auf unterhaltsame Weise vom Leben der Prostituierten im vierten vorchristlichen Jahrhundert in Athen berichten, das Richtige.*
Als die Hetärengespräche (geschrieben 160 n. Chr.) im Jahre 1920 neu aufgelegt wurden, schickte der Verlag eine Warnung an den Leser voraus, um sich vor dem Vorwurf der Pornografie zu schützen. Und tatsächlich überraschen diese Gespräche durch ihren frivol-frechen Ton. Da wird ungeniert über Freier hergezogen, über Rivalinnen gespottet und versucht, diese mit allen Mitteln der Kunst, auch der Zauberkunst, aus dem Weg zu räumen. Trotz harter Konkurrenz gibt es unter den Frauen aber auch Anteilnahme, Verständnis und Solidarität, ja sogar Wärme und Herzlichkeit.
Obwohl in Lukians Dialogen ständig über Männer gesprochen wird, breiten die erotischen Aktstudien von Lene Schneider-Kainer, die die Gespräche illustrieren, eine reine Frauenwelt vor den Augen der Leserinnen und Leser aus.

Lukian

Hetärengespräche

Mit Illustrationen von Lene Schneider-Krainer
und einem Nachwort von Sabine Dahmen

edition ebersbach

Inhalt

1
Glykera und Thais

G l y k e r a: Liebe Thais, erinnerst du dich noch an den akarnanischen Hauptmann, der zuerst das Mädchen Abrotonon unterhielt und sich hernach in mich verliebte, an jenen feinen Kavalier mit dem purpurverbrämten Mantel? Oder hast du den schon vergessen?

T h a i s: O nein, Glykerion, den kenne ich noch sehr wohl! Er hat ja erst im letzten Jahre beim Haloenfest[1] noch an unserem Symposion teilgenommen. Aber warum fragst du mich? Mir kommt vor, als hättest du seinethalben etwas auf dem Herzen.

G l y k e r a: Kannst du dir das vorstellen, Thais? Gorgona, die gemeine Person, tat so, als ob sie meine Freundin wäre, und jetzt hat sie ihn mir hinterrücks weggeschnappt!

Th a i s: Er hat dich also aufgegeben und Gorgona zu seiner Dame gemacht.

G l y k e r a: Leider, liebe Thais, und die Sache hat mich nicht wenig gekränkt, das kannst du mir glauben.

Th a i s: Es ist freilich arg; aber ungewöhnlich ist es eigentlich nicht, denn so etwas kommt doch unter uns

Hetären alle Tage vor, und du solltest dich weder so sehr darüber grämen noch auf Gorgona so gar ungehalten sein. War doch Abrotonon mit dir im nämlichen Falle: sie war deine Freundin, und du nahmst ihr nichtsdestoweniger ihren Liebhaber weg, ohne dass sie dir deswegen dann Vorwürfe gemacht hätte. Aber das einzige, was mich daran wundert, ist dies, dass gerade sie dem Hauptmann so sehr hat gefallen können! Er muss ja stockblind sein, wenn er nicht gesehen hat, was für schütteres Haar sie hat und wie weit über der Stirn es erst anfängt. Dazu hat sie ganz blaue, leichenblasse Lippen und einen mageren Hals mit geschwollenen Adern dran, und erst ihre lange Nase! Das eine freilich muss man ihr lassen, sie ist wohlgewachsen, trägt sich schön gerade und hat in der Tat etwas Verführerisches in ihrem Lächeln.

G l y k e r a: Du bildest dir also ein, Thais, der Akarnanier sei in ihre Schönheit verliebt? Kennst du denn ihre Mutter Chrysarion nicht? Weißt du nicht, dass sie eine Hexe ist? Dass sie thessalische Zaubersprüche gelernt hat und den Mond herabbeten kann? Man sagt sogar, sie fliege bei Nacht.[2] Die Alte hat's dem Menschen angetan, sie hat ihm ein Tränklein gegeben und ihn verrückt gemacht, das kannst du mir glauben; und nun quetschen sie ihn aus bis auf den letzten Tropfen!

Th a i s: Dafür wirst du einen andern ausquetschen, Glykerion; aber den da lass ruhig laufen!

2
Myrtion, Pamphilos und Doris

M y r t i o n: Du heiratest also die Tochter des Reeders Pheidon, Pamphilos, ja man sagt sogar, du hast sie schon geheiratet. Alle die vielen Eide, die du mir geschworen hast, all deine Tränen sind also in einem Augenblick verflogen? Vergessen ist jetzt Myrtion, und dies, Pamphilos, da ich schon im achten Monat schwanger bin. Das ist also alles, was mir meine Liebe zu dir eingetragen hat, dass du mir einen dicken Bauch gemacht hast und dass ich demnächst ein Kind werde aufziehen müssen, was ja für eine Hetäre so überaus belastend ist! Aussetzen werde ich das Neugeborene nicht und am allerwenigsten, wenn es ein Büblein werden sollte; sondern das soll dann Pamphilas heißen und der Trost meiner Liebe sein. Eines Tages aber wird er zu deiner Schande vor dich hintreten und dir sagen, wie treulos du an seiner armen Mutter gehandelt hast! – Übrigens: Was du da heiraten willst, das ist nicht gerade ein schönes Mädchen! Ich sah sie neulich mit ihrer Mutter am Thesmophorienfest[3], freilich wusste ich damals noch nichts davon, dass ich um ihretwillen meinen Pamphilos nicht mehr wiedersehen sollte. Indessen tätest du nicht übel, sie vorher erst einmal ordentlich anzuschauen, allein schon ihr Gesicht und ihre Augen, damit du nicht erst hinterdrein den Verdruss hast zu sehen, dass ihre Augen ganz wässrig blau und zudem verdreht sind, so dass immer das eine nach dem andren guckt! Vielmehr, du hast ja den Pheidon, den Vater deiner Braut, gesehen und kennst sein Gesicht: dann ist's erst gar nicht mehr nötig, auch noch die Tochter anzusehen!

P a m p h i l o s: Wie lange, liebe Myrtion, muss ich dich so irre reden und was weiß ich von welchen Schifferstöchtern und Hochzeiten faseln hören? Weiß ich etwa, ob diese Braut, von der du da redest, stumpfnäsig oder hübsch ist? Oder ob dieser Pheidon von Alopeke[4] – den meinst du doch wohl? – überhaupt eine heiratsfähige Tochter hat? Er steht nicht einmal gut mit meinem Vater, und es ist noch nicht lange her, dass er mit ihm wegen eines Seehandelsgeschäfts einen Prozess gehabt hat; jener war nämlich meinem Vater, ich glaub, ein Talent schuldig und wollte nicht bezahlen; mein Vater machte die Sache vor dem Handelsgericht anhängig, und nur mit Mühe und Not hat Pheidon dann bezahlt, und da noch nicht alles, sagt mein Vater. Wenn ich also wirklich zu heiraten vorhätte, so würde ich wohl meine Base, die Tochter des Demeas, der in verwichnem Jahre Feldherr war, links liegen lassen und ausgerechnet die Tochter des Pheidon nehmen? Ich möchte doch wissen, wer dir diesen Unsinn aufgebunden hat! Oder hast du dir dieses Hirngespinst selbst ausgedacht, Myrtion, damit deine Eifersucht etwas hat, womit sie sich zum Zeitvertreib abplagen kann?

Myrtion: Du heiratest also nicht, Pamphilos?

Pamphilos: Bist du toll, Myrtion? Oder hast du zu tief ins Glas geguckt? So viel haben wir doch gestern gar nicht getrunken!

Myrtion: Da, meine Magd Doris, die hat mir solchen Kummer gemacht! Ich hatte sie fortgeschickt, wollenes Zeug zu kaufen für die bevorstehende Geburt und auch in meinem Namen für meine Niederkunft zu beten und ein Gelübde zu tun, und dabei habe sie nun ihre Kollegin Lesbia getroffen, und die habe ihr – doch, du kannst es ihm selbst erzählen, Doris, was sie dir sagte, wenn du es anders nicht selbst erdichtet hast.

Doris: Ich will tot umfallen, Herrin, wenn ich das geringste dazugelogen habe. Wie ich nicht mehr weit vom Rathause bin, treffe ich auf Lesbia, die mir mit einem höhnischen Lächeln sagt: »Euer Liebhaber Pamphilos heiratet Pheidons Tochter.« Wenn ich es nicht glauben wolle, so solle ich nur in eure Gasse hineinschauen; da könne ich selber sehen, wie alles mit Blumenkränzen behangen sei, und Flötenbläserinnen seien da und ein Gedräng von Menschen und ein Chor, der den Brautgesang singe.

Pamphilos: Und wie? Hast du dann hineingeguckt, Doris?

Doris: Das hab ich, und hab alles gesehen, wie sie mir's gesagt hatte.

P a m p h i l o s: Nun merke ich, was euch zum Narren gehabt hat. Diese Lesbia hat dir nicht ganz die Unwahrheit gesagt, und du hast deiner Herrin die Wahrheit erzählt; aber gleichwohl habt ihr euch vergeblich beunruhigt; die Hochzeit ist nämlich gar nicht bei uns. Ich erinnere mich aber nun, was mir meine Mutter gestern sagte, als ich von euch nach Hause kam. »Pamphilos«, sagte sie, »dein Altersgenosse Charmides, der Sohn unseres Nachbarn Aristainetos, ist schon dabei zu heiraten und vernünftig zu werden. Du dagegen, wie lange willst eigentlich du dich noch mit einer Hetäre abgeben?« – Ich hörte mir das an, ohne groß Acht zu geben, und schlief darüber ein. Am Morgen in der Früh ging ich wieder aus, und deshalb sah ich noch nichts von alledem, was Doris hernach gesehen hat. Wenn du mir aber nicht glauben willst, so kannst ja du, Doris, noch einmal gehen und, statt nur in die Gasse zu gucken, die beiden Haustüren anschauen; dann wirst du bald sehen, dass die mit Blumenkränzen behangene Tür zum Nachbarhaus gehört.

M y r t i o n: Du hast mir das Leben gerettet, Pamphilos; ich hätte mich aufgehängt, wenn ich so etwas hätte erleben müssen.

P a m p h i l o s: Aber es ist ja gar nichts passiert, und so ist alles gut. Ich müsste ja von Sinnen sein, meine Myrtion zu vergessen, und dies gerade jetzt, wo sie doch schon von mir ein Kind im Leibe trägt.

3
Philinna und ihre Mutter

M u t t e r: Hast du den Verstand verloren, Philinna, oder was sonst ist in dich gefahren, dass du dich bei dem gestrigen Symposion so albern aufgeführt hast? Diphilos kam diesen Morgen zu mir und erzählte mir mit Tränen, was ihm von dir angetan worden sei. Du seist so toll betrunken gewesen, dass du, obwohl er dich zurückzuhalten suchte, aufgestanden seiest, um vor der ganzen Gesellschaft zu tanzen; dann hast du seinen Freund, den Lamprias, abgeküsst, und da er selbst darüber böse wurde, bist du von ihm weg zu Lamprias gelaufen und bist ihm um den Hals gefallen; so dass der arme Diphilos vor Ärger beinahe geplatzt wäre. Ja nicht einmal hast du in der Nacht mit ihm schlafen wollen, sondern hast ihn, ungeachtet seiner Tränen, verlassen und dich einfach aufs nächste Sofa niedergelegt und dabei, nur um ihn zu ärgern, lustige Liedchen vor dich hin gesungen!

P h i l i n n a: Aber wie er selber sich aufgeführt hat, Mutter, das hat er dir nicht erzählt; sonst würdest du gewiss nicht die Partei des ungezogenen Menschen gegen mich nehmen, der mich sitzen ließ und sich mit der Thais, des Lamprias Freundin, der noch nicht zugegen war, ganz intim unterhielt. Als er jedoch merkte, dass ich darüber erbost war, und ich ihm auch durch Winke zu verstehen gab, dass es mich verdross, was hatte er zu tun? Nahm er nicht die Thais beim Ohrläppchen, drückte sie mit zurückgebogenem Nacken an sich und küsste sie so hingebungsvoll, dass sie die Lippen kaum wieder voneinander kriegen konnten. Ich weinte vor Ärger; aber meine Tränen machten ihn nur lustig, und er hatte der Thais beständig was ins Ohr zu wispern, vermutlich über mich; denn Thais sah mich immer dabei an und grinste. Wie sie schließlich den Lamprias kommen hörten und endlich auch genug hatten von ihrer Küsserei, war ich es, die gleichwohl wieder Platz an seiner Seite nahm, um ihm ja keinen Vorwand mehr für nachträgliche Vorwürfe zu geben, Thais aber stand auf und tanzte zuerst, indem sie ziemlich weit über die Knöchel ihr Kleid raffte, als ob sie allein schöne Beine hätte. Wie sie endlich aufhörte, schwieg Lamprias und sagte kein Wort: Diphilos hingegen konnte nicht Ausdrücke genug finden, ihre wundervoll rhythmische und harmonische Tanzweise zu preisen, und wie genau ihre Schritte sich der Zither anpassten, und wie reizend ihre Knöchel seien und tausend solche Dinge, als ginge es darum, die Sosandra des Kalamis zu verherrlichen[5] und nicht diese Thais, die du so gut kennen musst wie ich, da wir ja oft genug zusammen im Bade gewesen sind. Aber auch Thais selbst konnte das Sticheln nicht lassen. Nun mag mich eine

andere ablösen, sagte sie, wenn sie nicht etwa Bedenken trägt, ihre dünnen Beine sehen zu lassen. Was konnt ich da sagen, Mutter? Da war nichts zu tun, als dass ich auch aufstand und tanzte. Oder hätte ich geduldig sitzen bleiben und damit zugeben sollen, diese Thais habe ganz recht mit ihren Anzüglichkeiten und sie sei wirklich die Königin bei unserem Symposion?

M u t t e r: Du bist aber auch ein bisschen arg empfindlich, Mädchen; das Klügste wäre gewesen, dir nichts daraus zu machen. Aber immerhin: erzähl weiter, was dann kam!

P h i l i n n a: Ich tanzte mit allgemeinem Beifall; nur Diphilos allein lag, wie vor Langeweile, auf sein Polster zurückgelehnt und guckte die Decke an, bis ich endlich müde war und aufhörte.

M u t t e r: Aber dass du den Lamprias geküsst hast: ist das wahr? Und dass du neben ihm dich niedergelassen und ihn rundum umschlungen hast? – Wie? Du schweigst? Das ist nun doch kaum mehr zu entschuldigen!

P h i l i n n a: Ich wollt ihn ja doch nur wiederkränken!

M u t t e r: Und dann hast du noch nicht einmal mit ihm geschlafen und stattdessen, während er weinte, auch noch gesungen! Weißt du denn nicht, Mädchen, dass wir bettelarm sind; und hast du ganz vergessen, wie viel wir schon von ihm bekommen haben, und wie wir den letzten Winter hätten durchhalten sollen, wenn uns Aphrodite nicht diesen Freund geschickt hätte?

P h i l i n n a: Na und? Soll ich deshalb mich so schnöde behandeln und mir einfach alles von ihm gefallen lassen?

M u t t e r: Zürnen magst du ja, nur setz dich selber nicht ihm gegenüber ins Unrecht! Du solltest doch wissen, dass Verliebte, wenn sie sich vergangen haben, gar bald wieder zurückkommen und sich's dann selbst kaum verzeihen können. Aber du hast es dem jungen Mann schon immer zu schwer gemacht! Und schau nur zu, dass wir nicht, wie's im Sprichwort heißt, den Strick so straff spannen, dass er reißt!

4
Melitta und Bakchis

M e l i t t a: Liebe Bakchis, wenn du irgendeines von den alten Weibern kennst, dergleichen es in Thessalien viele geben soll, die sich auf Zaubersprüche verstehen und es fertig bringen, eine Frau, und sei sie noch so abscheulich, begehrenswert zu machen, so beschwöre ich dich, führe sie mir zu. Und sollt es mich meine ganze Garderobe und meine Juwelen dazu kosten, wenn ich nur den Charinos wieder zu mir zurückkehren und diese verwünschte Simiche, in die er so vernarrt ist, ebenso herzlich hassen sähe, wie er jetzt mich hasst!

B a k c h i s: Wie, meine Melitta? Er lebt nicht mehr mit dir, sondern hat sich davongemacht und hat es jetzt mit Simiche? Dieser nämliche Charinos, der sich deinetwegen mit seiner ganzen Familie überwarf, als er jene reiche Person nicht heiraten wollte, die ihm angeblich fünf Talente Mitgift einbringen sollte? Denn ich erinnere mich noch recht gut, das alles von dir selbst gehört zu haben.

M e l i t t a: Die Zeiten sind ganz und gar vorbei, Bakchis, und heute ist bereits der fünfte Tag, seitdem ich ihn mit keinem Auge mehr gesehen habe, während er und Simiche alle Abende bei seinem Freunde Pammenes ein Gelage feiern!

B a k c h i s: Das ist schon schlimm für dich! Aber was hat euch denn so auseinandergebracht? Das muss doch wahrlich keine Kleinigkeit gewesen sein!

M e l i t t a: Das Ganze kann ich dir selbst nicht recht erklären. Jedenfalls kam er neulich aus dem Peiraieus, wo er, glaub ich, im Auftrag seines Vaters eine Schuld einzukassieren hatte, hierher. Ich eile ihm wie gewöhnlich mit offenen Armen entgegen. Er aber stößt mich zurück und sagt, ohne mich nur anzusehen: »Pack dich nur zu dem Schiffsherrn Hermotimos oder lies, was im Kerameikos an den Wänden angeschrieben steht, denn dort sind eure Namen sogar öffentlich angeprangert!« »Von was für einem Hermotimos«, sagte ich, »redest du denn, und von was für einem öffentlichen Pranger?« Er aber gab überhaupt keine Antwort, er aß auch nicht mit zu Nacht, drehte mir den Rücken zu und schlief ein. Du kannst dir vorstellen, dass ich nichts unversucht ließ: ich schmiegte mich an ihn, versuchte, ihn mir zuzuwenden, und als er abgekehrt blieb, küsste ich ihm den Nacken. Aber ohne sich im geringsten erweichen zu lassen, sagte er nur: »Wenn du mir noch länger lästig fällst, dann geh ich spornstreichs fort und wenn's mitten in der Nacht ist.«

B a k c h i s: Immerhin: Kennen tust du doch wohl diesen Hermotimos?

M e l i t t a: Ich will noch unglücklicher werden, als ich es so schon bin, wenn ich einen Schiffsreeder kenne, der Hermotimos heißt! Dass ich's kurz mache, am Morgen, als der Hahn krähte, erwachte Charinos, stand auf und ging davon. Da mir's noch im Sinne lag, dass mein Name, wie er sagte, im Kerameikos an einer Mauer geschrieben stehe, schickte ich sogleich mein Mädchen Akis hin, um zu sehen, was an der Sache sei. Sie fand aber nichts, als dass an der Doppelpforte, rechter Hand im Hineingehen, geschrieben war: »Melitta liebt den Hermotimos« und dann noch einmal ein bisschen weiter unten: »Der Reeder Hermotimos liebt Melitta.«

B a k c h i s: Ach, was gibt's doch für nichtsnutzige junge Leute! Jetzt begreife ich nämlich: Ganz gewiss hat das einer geschrieben, der den Charinos ärgern wollte, weil er wusste, wie eifersüchtig er ist; und der Kindskopf hat es sofort geglaubt. Sobald ich ihn sehe, will ich ihm ein Wort darüber ins Ohr sagen. Er ist ja noch so unerfahren, ein rechter dummer Bub.

M e l i t t a: Aber wie willst du ihn zu sprechen bekommen? Er hat sich ja eingeschlossen und ist mit der Simiche beisammen, seine Eltern aber suchen ihn immer noch bei mir! Ach Bakchis, wenn ich doch bloß so eine alte Frau fände, wie ich gesagt habe! Wenn die käme, wäre ich gerettet.

B a k c h i s: Ja, da gibt es schon so eine, eine tüchtige Zauberin, aus Syrien stammt sie, ein derbes, strammes

Weibsbild; die hat mir einmal den Phanias, als er gradeso wie Charinos einen Groll auf mich hatte, versöhnt, und das nach vollen vier Monaten, als ich's schon aufgegeben hatte; und trotzdem kam er dann infolge ihrer Zaubersprüche wieder zu mir.

M e l i t t a: Erinnerst du dich noch, was sie dafür verlangt hat?

B a k c h i s: Sie fordert keinen großen Lohn, liebe Melitta, nur eine Drachme und einen Laib Brot. Außerdem muss noch ein wenig Salz, sieben Obolen, etwas Weihrauch und eine Fackel hingelegt werden. Das alles nimmt die Frau an sich, und es muss auch ein Becher Wein bereitstehen, den sie allein austrinkt. Von der Mannsperson muss auch etwas bei der Hand sein, etwa Kleidungsstücke oder Schuhe oder wenigstens einige Haare oder irgend so etwas.

M e l i t t a: Ich habe seine Pantoffeln da.

B a k c h i s: Diese hängt sie an einen Nagel, beräuchert sie mit dem Weihrauch, wirft auch etwas Salz in die Glut und spricht eure beiden Namen, den deinigen und den seinigen, dazu aus. Hernach zieht sie einen Zauberkreisel aus dem Busen hervor und dreht ihn herum, indem sie mit entsetzlicher Geschwindigkeit allerlei fürchterliche Worte in einer unbekannten Sprache murmelt. Nicht lange nachdem sie das gemacht hatte, kam Phanias wieder zu mir, ungeachtet, dass seine Freunde ihn schalten und besonders Phoibis, mit der er inzwischen lebte, alles anwandte, um ihn zurückzuhalten; aber er kam, was sonst? So unwiderstehlich zog ihn der Zauberspruch zu mir. Daneben empfahl sie mir auch besonders als ein treffliches Mittel, ihm die Phoibis zu verleiden, ich sollte auf ihre Fußstapfen Acht geben, und sowie Phoibis den Fuß zurückgezogen hätte, sollte ich ihre Spur mit der meinigen auslöschen, und zwar so, dass mein rechter Fuß auf den Abdruck ihres linken und umgekehrt mein linker auf ihren rechten zu stehen käme, und dazu sagen: »Ich bin auf dich getreten, und jetzt bin ich über dir.« Und ich tat, wie sie mich geheißen hatte.

M e l i t t a: Schnell, schnell! Keinen Augenblick versäumt, liebste Bakchis! Hole mir die Syrerin auf der Stelle! Und du, Akis, schaffe gleich das Brot und den Weihrauch und alles andere herbei, was zu dem Zauberwerke nötig ist!

5
Klonarion und Leaina

K l o n a r i o n: Da hört man ja ganz neuartige Sachen über dich, Leaina! Dass nämlich die reiche Megilla aus Lesbos dich so liebe wie ein Mann und dass ihr beiden zusammen seid und was weiß ich was miteinander treibt! Wie steht's denn damit? – Ach, du wirst ja ganz rot! – Aber so sag mir doch, ob das wahr ist?

L e a i n a: Wahr ist es schon, Klonarion; aber ich schäme mich so, es ist alles so ganz anders als man's gewöhnt ist.

K l o n a r i o n: Bei der Mutter Aphrodite, um was geht es denn dabei? Und was will denn die Frau von dir? Oder was macht ihr denn überhaupt, wenn ihr so beieinander seid? – Siehst du: du hast mich eben nicht lieb! Sonst würdest du es vor mir nicht verbergen.

L e a i n a: Liebhaben tu ich dich aber doch, wenn überhaupt jemanden. Aber diese Frau ist auf eine unheimliche Weise von männlicher Art.

K l o n a r i o n: Ich verstehe überhaupt nicht, was du damit meinst – höchstens es wäre eine von denen, welche sich in Hetären verlieben. Solche Mannweiber soll es ja auf Lesbos geben, die wollen sich's nicht von Männern gefallen lassen, sondern sie selber machen sich wie Männer an Frauen heran.

L e a i n a: So etwas Ähnliches ist es schon.

K l o n a r i o n: Nun also, Leaina, gerade davon erzähl mir doch: wie sie es zuerst bei dir versucht hat, und wie dann auch du darauf eingegangen bist, und alles, was hernach kam.

L e a i n a: Ja, da machten sie nämlich ein Trinkgelage, eben diese Megilla und dann die Korintherin Demonassa, welche ebenso reich und zudem derselben Kunst verfallen ist wie diese; und da zogen sie mich hinzu, ich solle ihnen dabei auf der Kithara vorspielen. Gut, ich spielte also, und das ging bis tief in die Nacht und war schon Schlafenszeit, und die beiden waren bereits ganz hübsch bezecht, da sagte Megilla zu mir: »Wohlan, Leaina, jetzt schlummert sich's gut, leg dich bei uns schlafen, mitten zwischen uns zweien«.

Kl o n a r i o n: Und du legtest dich? Und dann? Was geschah dann?

L e a i n a: Zuerst küssten sie mich, so wie es die Männer machen, nicht bloß so durch Anschmiegen der Lippen, sondern sie taten dabei auch den Mund auf, und sie umschlangen mich und griffen mir nach den Brüsten und drückten sie, und Demonassa biss mich unterm Küssen sogar. Ich konnte mir jedoch noch immer nicht vorstellen, was da eigentlich vor sich gehen solle. Mit der Zeit aber wurde Megilla ganz heiß, und auf einmal riss sie sich die Perücke vom Kopf, die saß ihr aber ganz fest und sah aus wie angewachsen, aber jetzt sah man, dass sie bis auf die Haut kahlgeschoren war, so wie bei den Männern die Ringkämpfer aussehen. Da überkam mich ein rechter Schrecken, als ich das sah. Sie aber sprach: »O Leaina, hast du schon einmal einen solch hübschen Jüngling gesehen?« – »Aber ich sehe ja hier«, sagte ich, »überhaupt keinen Jüngling, Megilla!« – »Bitte, mach jetzt nicht aus mir wieder ein Weib«, sagte sie drauf, »ich werde nämlich Megillos genannt und habe vor etlicher Zeit mit Demonassa hier die Ehe geschlossen, und seitdem ist sie meine Frau.« Da hab ich lachen müssen, Klonarion, und ich sprach: »So haben wir also alle nicht gemerkt, dass du ein Mann bist, Megillos, geradeso wie man von Achilleus sagt, er sei unter den Mädchen mit ihren Purpurkleidern versteckt gewesen?[6] Aber hast du denn auch jenes männliche Ding, und tust du der Demonassa das, was die Männer tun?« – »Nein, Leaina«, sagte sie, »das habe ich nicht, aber ich brauch's auch gar nicht; du wirst gleich sehen, dass ich auf eine eigne, bei weitem lustigere Art mit dir zusammen sein kann.« – »Aber du bist doch nicht etwa ein Zwitter«, sagte ich, »von denen man sagt, es gebe viele und die hätten beides?« – Denn noch immer wusste ich nicht, Klonarion, auf was das alles hinauslaufen solle. »Nein«, sprach sie, »ich bin ganz und gar ein Mann!« – Drauf ich: »Einmal habe ich die böotische Flötenspielerin Ismenodora eine Sache aus ihrer Heimat erzählen hören, da sei in Theben jemand aus einer Frau zu einem Mann und dann ein großer Seher geworden, Teiresias, glaub ich, war sein Name: Ist's dir etwa auch so ähnlich gegangen?« – »O nein, Leaina«, sagte sie, »von Geburt an bin ich euch andren völlig gleich, aber mein Denken und mein Begehren und all das andre sind wie das eines Mannes.« – »Und genügt dir denn«, sagte ich, »das bloße Begehren?« – »So gib dich mir nur einmal wirklich hin, o Leaina, wenn du mir's nicht glauben willst«, sagte sie, »und du wirst merken, dass mir im Vergleich mit den Männern gar nichts abgeht; denn statt dessen, was nur der Mann hat, habe ich etwas anderes. Gib dich also, dann wirst du sehen!« – Und so gab ich mich denn und war ihr zu Willen, weil sie gar so inständig bettelte, und auch, weil sie mir ein Halsband schenkte, eines von der ganz teueren Sorte und einen ganz hauchdünnen Stoff für ein feines Kleid noch dazu. Dann umfing ich sie wie einen Mann, sie aber küsste mich und machte es und kam dabei ganz außer Atem und schien mir über alle Maßen Lust zu empfinden.

K l o n a r i o n: Aber was tat sie denn, Leaina, oder auf welche Weise machte sie es? Sag mir doch das vor allem!

L e a i n a: Ach, frag mich doch nicht so arg genau aus! Das sind so unschickliche Sachen, darüber kann ich, bei der himmlischen Aphrodite, nicht reden.

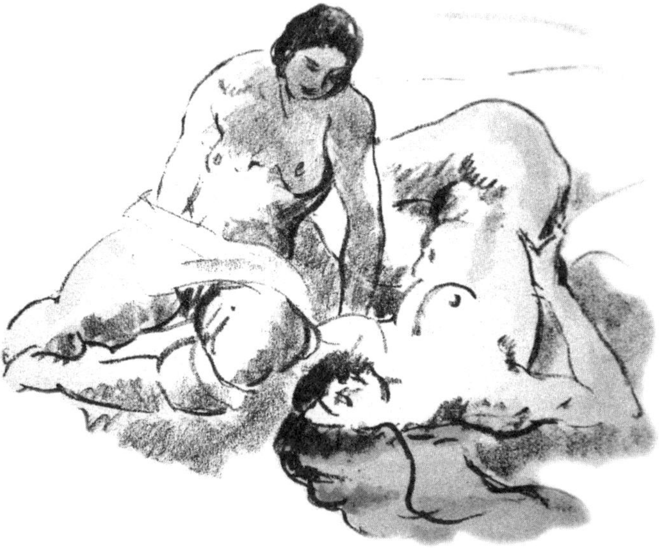

6
Krobyle und Korinna

K r o b y l e: Nun, liebe Korinna, das hast du jetzt ja einstweilen schon gelernt, dass es nichts so gar Erschreckliches darum ist, wie du dir eingebildet hast, aus einer Jungfer eine Frau zu werden, jetzt, da du mit dem reizenden jungen Mann beisammen gewesen bist! Und ein hübsches Honorar für den Anfang hast du ja auch gekriegt, eine ganze Mine[7] hat er dagelassen, dafür werd ich dir gleich ein schönes Halsband kaufen.

K o r i n n a: O ja, tu das, liebes Mütterchen! – Und dass es nur auch ein paar Rubinen hat, wie das der Philainis!

K r o b y l e: Ja, genauso eines wird es sein. Aber nun hör mir auch gut zu, was du nun weiter machen und wie du die Männer behandeln musst. Denn wir haben nun einmal kein anderes Mittel, uns durch die Welt zu bringen als dies, meine Tochter. Weißt du nicht, wie kümmerlich wir uns diese zwei Jahre her, seit deines seligen Vaters Tod, haben behelfen müssen? Solang er lebte, war alles gut; er war ein Kupferschmied und hatte einen großen Namen im Peiraieus; noch auf diesen heutigen Tag kann man dort alle Augenblicke schwören hören, so ein tüchtiger Handwerksmeister wie Philinos werde nicht wiederkommen! Nach seinem Ende jedoch musste ich zuerst die Zangen, den Amboss und den Hammer verkaufen. Dafür bekamen wir zwei Minen, und davon lebten wir, solange es eben reichen wollte. Von da an aber habe ich Mühe genug gehabt, mit Spinnen, Weben und Nähen auch nur den notdürftigsten Unterhalt für dich und mich zu verdienen. So habe ich dich aufgezogen und dabei immer auf bessere Zeiten gehofft.

K o r i n n a: Meinst du damit die Mine, die ich soeben verdient habe?

K r o b y l e: O nein, das soll ja nur erst der Anfang sein! Denn immer habe ich darauf gerechnet, wenn du nur einmal in dieses Alter gekommen wärest, würdest du imstande sein, mich wieder zu ernähren, und dich selbst könntest du leicht elegant ausstaffieren und reich werden und schöne Kleider und Zofen zu deiner Bedienung haben.

K o r i n n a: Ich, Mutter? Was meinst du damit? Wie soll das zugehen?

K r o b y l e: Dazu, Kind, brauchst du weiter nichts, als mit jungen Herren umzugehen, mit ihnen zu trinken und gegen Honorar mit ihnen zu schlafen.

K o r i n n a: So wie Lyra, die Tochter der Daphnis?

K r o b y l e: Ja.

K o r i n n a: Aber die ist ja eine Hetäre?

Krobyle: Das ist doch nichts Schlimmes! Mach es wie sie, so wirst du auch so reich werden wie sie und viele Liebhaber haben. Was weinst du, Korinna? Siehst du nicht, wie groß die Anzahl der Hetären ist und wie eifrig sie umworben werden und was sie für ein Einkommen haben? Schau, ich weiß noch gut, ach du liebe Adrasteia[8], wie ist diese Daphnis herumgelaufen, ehe das Mädchen ausgereift war: nichts als Lumpen hatte sie an; und jetzt siehst du, wie sie auftritt, mit Goldschmuck und buntschimmernden Gewändern und mit vier Dienerinnen hinter sich!

Korinna: Und wie kam denn Lyra zu dem allen?

Krobyle: Das will ich dir sagen, Kind. Vor allem hielt sie sich immer nett und reinlich in Kleidung und an ihrer ganzen Person; sie war gegen jedermann freundlich, aber brach darum nicht alle Augenblicke in ein lautes Kichern und Lachen aus, wie du zu tun pflegst, sondern es war immer etwas Anmutiges und Anziehendes in ihrem Lächeln. Sodann hat sie gute Umgangsformen; wenn einer zu ihr kommt oder sie nach Hause bringt, dann enttäuscht sie keinen in seinen Erwartungen, aber sie wirft sich auch keinem an den Hals. Verdingt sie sich zu einem Gastmahl, so betrinkt sie sich niemals – denn dadurch macht man sich zum Gespött und die Männer mögen solche Mädchen gar nicht –, noch überfüllt sie sich mit Essen wie Leute, die keine Lebensart haben, sondern rührt alles nur mit den Fingerspitzen an, nimmt schweigend einen Bissen nach dem andern, nicht den ganzen Mund voll und auf beiden Backen kauend; und trinken tut sie auch nur langsam, nicht auf einen Zug, sondern mit öfterem Absetzen.

K o r i n n a: Auch wenn sie grad wirklich Durst hat, Mutter?

K r o b y l e: Dann am meisten, Korinna. Auch redet sie nicht mehr als sich schickt, übt ihren Witz nie auf Unkosten eines Anwesenden und sieht keinen an als den, der sie gemietet hat. Das ist es, wodurch sie sich so beliebt bei ihnen macht. Und wenn es denn soweit ist, dass man sich schlafen legt, dann darf sie sich ja nicht allzu keck und ungeniert benehmen, sondern muss alles nur darauf anlegen, den Mann wahrhaft zu gewinnen und ihn wirklich zu ihrem Liebhaber zu machen. Schau, Korinna, so macht's die Lyra, und gerade das ist's, weshalb alle miteinander das hohe Lied auf sie singen! Also brauchst du sie nur in diesem allen zum Muster zu nehmen, so werden auch wir glücklich werden. Denn in allem übrigen bist du weitaus – aber nein, o liebe Adrasteia, ich sag kein Wort mehr; wenn du mir nur am Leben bleibst.

K o r i n n a: Aber, liebe Mutter, sag mir doch, sind diejenigen, die so ein Mädchen engagieren, alle so wie der Eukritos, mit dem ich gestern schlief?

K r o b y l e: Nicht alle, sondern etliche sind noch besser, manche darunter sind aber auch schon älter, gestandene Männer; es gibt freilich auch solche, die nicht so ganz hübsch und gutgewachsen sind.

K o r i n n a: Und mit denen muss ich dann auch schlafen?

K r o b y l e: Mit denen erst recht, Tochter! Denn die geben mehr! Die Schönen wollen nichts sonst als schön sein. Du hingegen musst immer nur darauf sehen, wer am meisten gibt, wenn du die Zeit recht bald erleben willst, wo alle Leute mit Fingern auf dich weisen und sagen: »Da, schau mal, die Korinna, der Krobyle Tochter! Wie reich sie ist und wie dreimal glücklich sie ihre Mutter gemacht hat!« – Was sagst du? Wirst du's so machen? – Ja, du wirst, ich weiß es, und so wirst du in kurzem mit Leichtigkeit die Erste unter allen sein. – Nun, geh und bade dich; vielleicht kommt der junge Eukritos heute wieder; versprochen hat er's jedenfalls.

7
Musarion und ihre Mutter

M u t t e r (spöttisch): Wenn wir noch so einen Liebhaber finden, Musarion, wie dieser Chaireas einer ist, dann werden wir der Pandemos eine weiße Ziege, der Urania in den Gärten eine junge Kuh opfern und die Plutodoteira bekränzen müssen, denn dann wären wir in der größten Seligkeit und die glücklichsten Leute von der Welt.[9] Du siehst doch selber, was wir an dem jungen Mann bis jetzt verdient haben: nicht einen Obolos hat er dir jemals gegeben, kein Kleid, keine Schuhe, kein Parfüm, aber dafür haufenweise und ständig Ausflüchte und Versprechungen und ellenlange Hoffnungen, und dieses ewige »Wenn mein Vater einmal ...« und »Wenn ich erst Herr über mein Erbe sein werde« und »Das wird alles dein«. Du behauptest sogar, er habe dir geschworen, dich zu seiner gesetzlichen Ehefrau zu machen!

M u s a r i o n: Ja, Mutter, das hat er mir bei den beiden Göttinnen und bei der Polias geschworen.[10]

M u t t e r: Und du glaubst ihm natürlich! Und deswegen hast du neulich, als er seinen Klubbeitrag nicht bezahlen konnte, deinen Fingerring ohne mein Wissen gegeben, den hat er dann versetzt und versoffen, und dann noch einmal die beiden Halsketten, jede zwei Goldstücke wert, welche der Schiffsreeder Praxias aus Chios extra für dich aus Ephesos besorgt hatte; das war damals, als Chaireas seine Kameraden zum Abendessen einladen musste und wieder einmal kein Geld hatte. Von den feinen Stoffen und von der Leinwand rede ich schon gar nicht. Wahrhaftig, der Mensch ist ein rechter Schatz, ein wahrer Glücksfund, den wir da gemacht haben.

M u s a r i o n: Aber dafür ist er schön und hat noch ein glattes Kinn und sagt mir, dass er mich liebe, und dann weint er so süß, und er ist der Deinomache und des Richters Laches einziger Sohn, und er sagt, wir zwei würden heiraten und wir hätten die schönsten Aussichten, sobald nur der alte Mann einmal die Augen zumacht.

M u t t e r: O Musarion, wenn wir also ein paar Sandalen nötig haben und der Schuster seine zwei Drachmen dafür verlangt, dann werden wir ihm sagen: Geld haben wir zwar nicht, aber Hoffnungen in Menge; davon kannst du dir ein paar nehmen! Den Bäcker fertigen wir künftig auf die nämliche Art ab; und will der Hausherr seinen Mietzins haben, so sagen wir ihm: Gedulde dich nur, bis Laches, der Kolytteer[11], tot ist, nach der Hochzeit wollen wir dich richtig bezahlen. Schämst du dich nicht in dein Herz hinein, dass du die einzige unter allen Hetären bist, die keine Ohrringe, kein Halsband, kein elegantes Kleid aus Tarent hat?

M u s a r i o n: Ach Mutter, was soll mir das? Sind die anderen darum glücklicher und schöner als ich?

M u t t e r: So? Da gibt's doch viele, die mit solchen Sachen drohen! Um deswillen sollst du also ohne Liebhaber bleiben und so keusch und sittsam leben, als wärest du keine Hetäre, sondern eine Demeter-Priesterin? Aber ich lasse jetzt alles andere auf sich beruhen. Heut ist das Haloenfest[13]. Was hat er dir denn für ein Geschenk gemacht fürs Fest?

M u s a r i o n: Ach, liebe Mutter, er hat doch nun einmal nichts!

M u t t e r: Er ist also der einzige, der keine List ausfindig machen kann gegen seinen Vater! Hat er keinen Diener, der dem Alten etwas vorlügen kann? Oder warum schmeichelt er nicht seiner Mutter etwas ab? Konnte er ihr nicht drohen, er wolle auf und davon gehen und Soldat werden, wenn sie ihm nichts gebe? Aber da sitzt er mit den Händen im Schoß und zehrt uns auf, gibt selbst nichts und will doch nicht leiden, dass wir von andern, die so gerne gäben, etwas annehmen! Aber meinst du denn, du werdest ewig achtzehn Jahre alt bleiben? Oder bildest du dir ein, Chaireas, wenn er einst selber reich ist und seine Mutter ihm eine Braut mit vielen Tausenden aufgefunden hat, werde ebenso gesinnt bleiben wie jetzt? Denkst du, dann werde er noch an seine Tränen und Küsse und Eidschwüre denken, wenn er erst einmal eine Mitgift von vielleicht fünf baren Talenten auf dem Tische liegen sieht?

M u s a r i o n: O ja, er wird ganz gewiss noch daran denken! Und ein Beweis davon ist, dass er nicht jetzt schon eine Frau genommen, sondern, obwohl man ihn fast mit Gewalt dazu nötigen wollte, es mit Entschiedenheit abgelehnt hat.

M u t t e r: Ach, mög's wahr sein, dass du keine Enttäuschung erleben musst! Aber, Musarion, wenn es soweit ist, werde ich dich daran erinnern.

8
Ampelis und Chrysis

A m p e l i s: Ein Mann aber, Chrysis, der weder eifersüchtig ist noch böse wird, einer, der dich nie geschlagen, dir nie die Haare vom Kopfe geschoren oder die Kleider vom Leibe gerissen hat: ist denn so ein Mann überhaupt noch ein Liebhaber?

C h r y s i s: Das werden doch hoffentlich nicht die einzigen Merkmale eines Liebhabers sein sollen?

A m p e l i s: Doch, wenigstens diejenigen eines Liebhabers, der lichterloh brennt! Alles andre, Küsse, Tränen, Schwüre, häufiges Wiederkommen und dergleichen, das sind Zeichen einer beginnenden und erst keimenden Liebe: aber das volle Feuer kommt erst durch die Eifersucht. Wenn dich also Gorgias, wie du sagst, tüchtig schlägt und voller Eifersucht ist, dann sei guten Mutes und wünsch dir, dass er es immer so machen wird!

C h r y s i s: So? Wie? Dass er mich immer verprügeln soll?

A m p e l i s: Das nun eben nicht; aber dass er sich darüber kränkt, wenn du nicht für ihn allein ein Auge hast. Denn wenn er dich nicht liebt, was sollte er dann noch zornig werden, wenn du einen anderen Liebhaber hast?

C h r y s i s: Aber ich habe ja überhaupt keinen andern. Er hingegen hat sich ohne allen Grund in den Kopf gesetzt, dass jener Reiche in mich verliebt sei, bloß weil ich zufälligerweise ihn einmal erwähnt habe.

A m p e l i s: Auch das ist gar erwünscht, wenn er glaubt, dass reiche Leute sich um dich bemühen. Das wird ihn desto ärger wurmen, und er wird seinen Ehrgeiz dareinsetzen, von seinen Nebenbuhlern nicht an Freigebigkeit übertroffen zu werden.

C h r y s i s: Aber wahrlich, der da tobt nur und haut, geben dagegen tut er gar nichts.

A m p e l i s: Das wird noch kommen! Eifersüchtige sind immer am leichtesten traurig zu machen.

C h r y s i s: Aber ich begreife gar nicht, liebe Ampelis, wie du so darauf versessen bist, dass ich Schläge bekommen soll.

A m p e l i s: Das bin ich nicht. Ich meine nur, große Lieben entstehen immer dann, wenn einer sich vernachlässigt fühlt; wenn er dagegen sich sicher glaubt, der einzige zu sein, der dich hat, dann verschrumpelt ihm irgendwie das Begehren. Das sage ich dir als eine, die schon zwanzig Jahre lang das Hetärenhandwerk treibt, wogegen du erst achtzehn bist oder noch weniger! Wenn du willst, so werde ich dir erzählen, was mir vor nicht gar vielen Jahren begegnet ist. Damals war Demophantes, der Bankier, der gleich hinter der Bunten Halle sein Haus hat,[14] mein Liebhaber. Er hatte mir nie mehr als fünf Drachmen auf einmal gegeben und maßte sich doch an, den Herren über mich zu spielen. Zwar liebte er mich, Chrysis, aber nur mit einer Liebe, die ganz an der Oberfläche saß und nicht recht unter die Haut ging: da gab's weder Seufzer noch Tränen, er kam auch nicht spät in der Nacht vor meine Tür; kurz, das ganze war, dass er zuweilen bei mir schlief, und auch das selten genug. Einmal aber habe ich ihn hinausgesperrt – da war nämlich grade der Maler Kallides drin bei mir, der mir zehn Drachmen geschickt hatte. Gewaltig auf mich schimpfend ging er fürs erste einmal weg. Nun vergingen viele Tage, ohne dass ich nach ihm schickte. Da kam er von selber wieder, und wieder war Kallides drin. Jetzt erst wurde Demophantes von innen her warm, brannte bald lichterloh nach mir, stellte sich vor meiner Tür auf und lauerte, bis er sie geöffnet fand, und nun weinte er, schlug mich, drohte mit Mord, riss mir das Kleid vom Leib und stellte alles mögliche an, und zu guter Letzt gab er mir ein ganzes Talent, und dafür hatte er mich dann volle acht Monate ganz allein für sich. Seine Frau sagte allen Leuten, ich hätte ihn durch einen Liebestrank ganz verrückt gemacht: aber der Liebestrank war weiter nichts als die Eifersucht. – Und du, Chrysis, bedien dich doch gegenüber deinem Gorgias des gleichen Zaubermittels: Es steht durchaus dafür, denn der junge Mensch wird ja, wenn seinem Vater einmal etwas zustoßen sollte, ein schwerreicher Mann sein.

9
Dorkas, Pannychis, Philostratos und Polemon[15]

D o r k a s: Wir sind verloren, Herrin, wir sind verloren! Polemon ist aus dem Kriege wiedergekommen als reicher Mann, wie es heißt; ich selbst habe ihn gesehen; er trug einen mit Purpur besetzten und mit einer prächtigen Agraffe zusammengehaltenen Offiziersmantel und hat eine Menge Bediente hinter sich her. Während nun seine Freunde, sobald sie ihn erblickten, herbeieilten und ihn begrüßten, machte ich mich an einen von den ihm folgenden Lakaien, der mit ihm außer Landes gewesen war, heran und fragte ihn, wie es ihnen ergangen sei: »Sag mir doch, Parmenon«, sagte ich, natürlich erst, nachdem ich ihn begrüßt hatte, »was habt ihr denn für Geschäfte gemacht? Habt ihr denn auch ordentlich was mitgebracht, für das es sich rentiert hat, in den Krieg zu ziehen?«

P a n n y c h i s: Du hättest nicht gleich so herausplatzen sollen, sondern etwa so: »Oh! Allen Göttern und vor allen dem Zeus Xenios und der Athena Stratia sei Dank, dass sie euch wieder glücklich zu uns zurückgebracht haben! Meine Herrin war immer in großer Unruhe euretwegen: ›Wie mag es ihnen jetzt gehen?‹ fragte sie alle Augenblicke, ›wo mögen sie sein?‹ – So was solltest du gesagt haben, und hättest du noch hinzugesetzt: »Die arme Frau weinte so viel um euch! Hatte immer den Namen ihres Polemon im Munde!« – so wär es noch viel besser gewesen.

D o r k a s: Das hab ich alles am Anfang vorangeschickt; ich wollte es nur bei dir nicht wiederholen, um desto geschwinder auf das zu kommen, was er mir sagte. Eigentlich fing ich so an: »Nun, Parmenon, haben euch die Ohren nicht recht oft geklungen? Meine Gebieterin konnte an nichts anderes denken, als an euch, und immer wieder kamen ihr die Tränen, besonders wenn jemand aus der Schlacht zurückkam und von vielen Toten die Rede war: Dann raufte sie sich die Haare und schlug sich an die Brüste, so sehr fieberte sie jeder Botschaft über euch entgegen!«

P a n n y c h i s: Bravo, Dorkas! So war's recht!

D o r k a s: Dann erst, nachdem ich das alles gesagt hatte, tat ich jene Frage an ihn. »Wir kommen in sehr glänzenden Umständen zurück«, war seine Antwort.

P a n n y c h i s: Also auch ohne Einleitung? Ohne etwas davon zu erwähnen, wie fleißig Polemon an mich gedacht, wie er sich nach mir gesehnt und wie viele Gelübde er getan habe, mich gesund wiederzusehen?

D o r k a s: O gewiss sagte er viel dergleichen, das versteht sich. Aber das war ja doch die Hauptsache, dass er von dem großen Reichtum sprach, von dem vielen

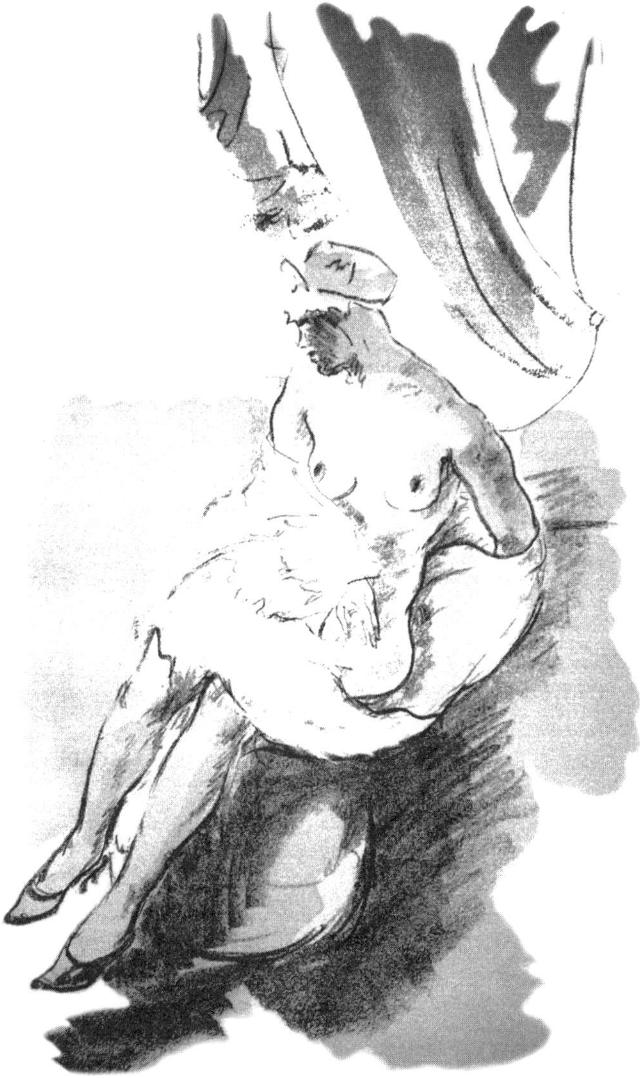

Gold und Elfenbein und den kostbaren Kleidern und der Menge von Sklaven, die sie mitgebracht hätten; an Silber habe er so viel, dass es nicht gezählt, sondern mit dem Scheffel gemessen werde, und deren seien erklecklich viele. Parmenon selbst hatte am kleinen Finger einen sehr großen vieleckigen Ring mit einem Edelstein von der Sorte, die in dreierlei Farben spielt; obendrauf war er rot. Nun ließ ich ihn, da er selber es so gerne wollte, erzählen: wie sie den Halys überschritten und dann einen gewissen Tiridates ins Gras gestreckt, und wie tapfer Polemon sich in einem Treffen gegen die Pisidier gehalten: aber endlich macht ich mich doch von ihm los und lief, was ich konnte, um dir von dem allen Nachricht zu bringen, damit du dich darauf einrichten kannst. Denn wenn Polemon käme – und er kommt ganz gewiss, sobald er sich von seinen Freunden losreißen kann –, und er fände den Philostratos, von dem er vielleicht schon was erfahren hat, bei uns: was meinst du wohl, was er dann machen würde?

P a n n y c h i s: Hilf mir auf ein Mittel denken, Dorkas, uns aus dieser Verlegenheit zu retten! Denn dass wir diesen fortschicken sollten, der ein reicher Kaufmann ist und mir erst jüngst ein Talent gegeben hat und noch viel mehr verspricht, wäre ebenso wenig richtig wie umgekehrt, den wiedergekommenen Polemon nicht anzunehmen, zumal da er sehr eifersüchtig ist. Er war es schon auf eine ganz unerträgliche Art, da er noch arm war: was würde er sich nicht erst in seinen jetzigen Umständen erlauben?

D o r k a s: Aber halt, da kommt er ja schon!

P a n n y c h i s: Ach Dorkas, mir wird ganz schlecht in dieser Bedrängnis, ich zittre an allen Gliedern.

D o r k a s: Aber da nähert sich ja auch Philostratos schon!

P a n n y c h i s: Was soll ich anfangen? O dass die Erde sich unter mir auftäte!

P h i l o s t r a t o s: Hallo, Pannychis, wollen wir nicht einen fröhlichen Trunk miteinander tun?

P a n n y c h i s (heimlich zu Philostratos): Vorsicht, Freund, sonst passiert etwas Fürchterliches! (Laut zu Polemon.) Sei mir gegrüßt, Polemon! Du hast uns lange auf dich warten lassen.

P o l e m o n: Aber wer ist denn der da, der hier so ungeniert Zutritt hat? – Du schweigst? – Vortrefflich, Pannychis! – Und um eines solchen Weibsstücks willen fliege ich in fünf Tagen von Pylai hierher! Aber mir geschieht ganz recht, ich bin dir sogar recht dankbar dafür; denn jetzt brauch ich mich doch von dir nicht mehr ausplündern zu lassen!

P h i l o s t r a t o s: Und wer bist denn du, mein Bester?

P o l e m o n: Du hörst, ich bin Polemon von Steiria aus dem pandionischen Stamme, anfangs Oberster über tausend, jetzt aber über ein Corps von fünftausend Mann; und ich bin der Liebhaber dieser Pannychis, wenigstens solange ich noch glaubte, sie hätte den Verstand eines Menschen.

P h i l o s t r a t o s: Aber so wie sie jetzt ist, Herr Oberster, ist sie mein und hat ein Talent dafür von mir empfangen und soll noch eines bekommen, wenn ich meine Schiffsladung abgesetzt haben werde. Für jetzt folge du mir, Pannychis, und schicke den da zu den Odrysiern[16], wo er seine Tausende herumkommandieren mag!

D o r k a s: Meine Gebieterin ist eine freie Person, sie wird folgen, wenn es ihr beliebt.

P a n n y c h i s (leise zu Dorkas): Was soll ich denn nur machen?

D o r k a s: Das Beste wird sein hineinzugehen. Bei dem erbosten Polemon stehen zu bleiben, ist doch nicht möglich! Seine Eifersucht würde dadurch nur immer höher gespannt werden.

P a n n y c h i s (zu Philostratos): Lass uns also hineingehen, wenn du willst.

P o l e m o n: Aber das sag ich euch im voraus: Heut trinkt ihr zum letzten Mal, oder ich müsste vergebens in Mord und Totschlag so wohlbewandert sein. He, Parmenon, die Thraker! Sie sollen in voller Bewaffnung anrücken und das enge Gässchen mit ihrer Phalanx sperren. Im Mittelfeld die Schwerbewaffneten, an den Flügeln die Schleuderer und Bogenschützen, die übrigen bilden die Nachhut.

P h i l o s t r a t o s (zu Polemon): Mit solchem Zeug magst du kleine Kinder schrecken, du Vogelscheuche! Hast du denn in deinem ganzen Leben je auch nur einen Gockelhahn totgemacht und einen Krieg von weitem gesehen? Höchstens bist du auf irgendeiner alten Burg mit sieben Mann in Garnison gelegen, soviel würde ich dir allenfalls zugestehen!

P o l e m o n: Das wirst du bald erfahren, wenn du uns mit vorgestreckten Speeren in blinkender Rüstung anrücken siehst.

P h i l o s t r a t o s: Kommt nur alle in vollem Kriegsschmuck heran; ich und dieser Tibios hier, der einzige Bediente, den ich bei mir habe, wollen euch mit Steinen und zerbrochenen Töpfen so in alle Winde jagen, dass ihr nicht wissen werdet, wohin ihr euch davonmachen sollt.

10
Chelidonion und Drosis

C h e l i d o n i o n: Kommt denn der junge Kleinias nicht mehr zu dir, liebe Drosis? Es ist schon so lange, dass ich ihn nicht mehr bei euch gesehen habe.

D r o s i s: Nicht mehr, liebe Chelidonion. Sein Erzieher hat ihn davon abgehalten, noch weiter zu mir zu kommen.

C h e l i d o n i o n: Und wer ist denn der? Du meinst doch nicht den Fechtmeister Diotimos? Denn der ist einer meiner guten Freunde.

D r o s i s: Nein, sondern jener widerliche Philosoph, der verdammte Aristainetos ist es.

C h e l i d o n i o n: Ach, den meinst du, den mürrischen Kerl, immer unfrisiert, mit seinem langen Bart, der immer mit den jungen Leuten in der Bunten Halle herumläuft?

D r o s i s: Ja, genau den meine ich, diesen Schwätzer; ich gäb was drum, zusehen zu können, wie ihn der Henker an seinem Bart fortschleift!

C h e l i d o n i o n: Aber wie kommt er denn nur dazu, dem Kleinias solche Ratschläge zu geben?

D r o s i s: Ich weiß auch nicht, Chelidonion; Tatsache ist jedenfalls, dass Kleinias seit der Zeit, als er anfing, sich aus einer Frau was zu machen – ich war nämlich die erste, mit der er was gehabt hat –, nie woanders geschlafen hat als mit mir; jetzt aber ist er schon drei volle Tage lang nicht einmal mehr in unsere Gasse gekommen. Nun, das hat mir doch arg leid getan – ich versteh's ja selber nicht recht, warum ich so an ihm hänge! – und so schickte ich meine Nebris fort, sich einmal nach ihm umzusehen, ob er sich auf dem Markt oder in der Bunten Halle aufhält. Diese erzählte dann, sie habe ihn wirklich dort auf und ab gehen sehen und zwar mit Aristainetos. Von weitem habe sie ihm zugenickt, und da sei er ganz rot geworden und habe die Augen niedergeschlagen und dann auch nicht mehr aufgeschaut. Sie gingen dann zusammen weiter zur Stadt, Nebris aber folgte ihnen bis zum Dipylon-Tor; als er sich aber kein einziges Mal nach ihr umdrehte, kam sie wieder heim, ohne etwas Genaueres berichten zu können. Du kannst dir denken, wie übel ich seitdem meine Zeit zugebracht habe; konnte ich mir doch unmöglich denken, was in den jungen Menschen gefahren sei. Ich habe ihn doch nicht durch irgendwas gekränkt, sagte ich mir; oder liebt er eine andere und mag mich deshalb nicht mehr? Oder hat ihm sein Vater mein Haus verboten? Indem mir eine Menge solcher Gedanken durch den Kopf liefen, kam sein Dromo, spät, als es schon dunkel war, und brachte mir diesen Brief von ihm. Da nimm und lies ihn selbst, Chelidonion! Du hast doch wohl Lesen gelernt?

Chelidonion: Laß sehen! Die Handschrift ist nicht leicht zu lesen; die Buchstaben hängen so ineinander, man sieht, dass sie in großer Hast geschrieben sind. (Sie liest.) »Wie sehr ich dich geliebt habe, meine Drosis, darüber rufe ich die Götter zu Zeugen an – «

Drosis (weint): O weh, wie unglücklich muss er sein! Nicht einmal die Grußanrede hat er dazugeschrieben!

Chelidonion (fortlesend): » – und auch jetzt trenne ich mich nicht aus Abneigung, sondern aus Zwang von dir. Mein Vater hat mich dem Aristainetos übergeben, damit ich bei dem das Philosophieren lerne. Dieser hat alles, was zwischen uns gewesen ist, herausbekommen und mir darum heftige Vorwürfe gemacht. Er sagt, es sei meiner als eines Sohnes des Architeles und der Erasiklea unwürdig, mit einer Hetäre Umgang zu haben; es sei nämlich viel besser, die Tugend der Lust vorzuziehen – «

Drosis: Mög er nie des Lebens froh werden, der alte Narr, der einem jungen Menschen solche Dinge beibringt!

Chelidonion (liest fort): »Ich bin also genötigt, ihm Folge zu leisten. Denn er geht mir auf Schritt und Tritt nach und bewacht mich ganz genau, so dass ich außer ihm selbst keinen Menschen auch nur ansehen darf. Wenn ich mich recht vernünftig aufführe, sagt er, und ihm in allem folge, so verspricht er mir, ich werde höchst glücklich und ein tugendhafter Mann werden;

nur müsse ich mich durch ernste Bemühung darin üben. Sogar dies habe ich dir nur zur Not schreiben können dadurch, dass ich mich von ihm ein bisschen wegstahl. Und so lebe denn wohl und sei glücklich, und denke an Kleinias!«

D r o s i s: Was sagst du zu diesem Brief, Chelidonion?

C h e l i d o n i o n: Alles übrige klingt mir wie Skythisch: aber das »Denke an Kleinias« lässt noch ein bisschen Hoffnung übrig.

D r o s i s: So kam's mir auch vor; aber indessen sterbe ich vor Liebe. Nun sagt mir Dromo, der Aristainetos sei der Knabenliebe verfallen und brauche die Wissenschaften nur zum Vorwand, um die schönsten jungen Leute an sich zu ziehen. Er rede viel und oft insgeheim mit Kleinias und mache ihm große Versprechungen, als ob er ihn den Göttern gleichmachen wolle. Auch lese er ihm gewisse erotische Dialoge der alten Philosophen mit ihren Schülern vor und sei, mit einem Wort, immer um den jungen Menschen herum.[17] Dromo drohte auch, dass er das dem Vater seines jungen Herrn sagen wolle.

C h e l i d o n i o n: Du hättest dem Kerl die Kehle tüchtig schmieren sollen!

D r o s i s: Das hab ich auch getan; er ist aber ohnehin ganz auf meiner Seite, denn er ist ganz arg hinter meiner Nebris her.

C h e l i d o n i o n: Wenn das ist, so sei guten Muts, es wird alles gut hinausgehen. Ich denke, ich will auch an eine Mauer im Kerameikos, wo Architeles spazieren zu gehen pflegt, und mit großen Buchstaben schreiben: »Aristainetos verführt den Kleinias« – auf diese Weise werden dann die Anschuldigungen des Dromo noch verstärkt.

D r o s i s: Aber wie willst du das schreiben, ohne dass es jemand merkt?

C h e l i d o n i o n: Ach, da nehm ich einfach ein Stückchen Kohle, Drosis, und dann mach ich es, wenn's dunkel wird.

D r o s i s: Sehr gut! Wenn du mir hilfst, so hoffe ich doch noch, mit diesem aufgeblasenen Aristainetos fertig zu werden!

11
Tryphaina und Charmides

T r y p h a i n a: Wo hat aber auch jemals ein Mann einer Hetäre fünf Drachmen gegeben, um ihr die ganze Nacht durch den Rücken zuzukehren und nichts als zu weinen und zu seufzen? Der Wein wollte dir diesen Abend nicht recht schmecken, und doch mochtest du auch nicht allein zu Abend essen. Bei Tisch sogar hast du geweint, ich habe es selber gesehen; und bis jetzt hast du noch nicht aufgehört, wie ein kleines Kind zu wimmern. Warum eigentlich machst du das alles? Verbirg mir's nicht, damit ich doch wenigstens etwas von dieser schlaflosen Nacht mit dir habe.

C h a r m i d e s: Liebe ist's, was mich zugrunde richtet, Tryphaina! Und diesen Kummer halte ich nicht mehr aus.

T r y p h a i n a: Dass ich nicht diejenige bin, die du liebst, ist klar. Denn sonst würdest du nicht, obgleich du mich bei dir hast, mich so ganz unbeachtet lassen und mich nicht fortstoßen, wenn ich dich umarmen will, ja am Ende hast du zwischen uns mit deinem Mantel eine richtige Trennmauer gebaut aus lauter Angst, ich könnte dich berühren. Sage mir also, wer ist denn die andere? Vielleicht kann ich dir in deiner Liebe behilflich sein; ich verstehe mich so ziemlich darauf, wie dergleichen Angelegenheiten behandelt sein wollen.

Charmides: Du kennst sie sehr wohl und sie dich; sie ist nämlich auch eine Hetäre und zwar durchaus keine unbekannte.

Tryphaina: Sag mir den Namen, Charmides!

Charmides: O Tryphaina, sie heißt Philemation.

Tryphaina: Welche meinst du? Denn es gibt ihrer zwei; die eine aus dem Peiraieus, die noch bis von kurzem Jungfrau war und jetzt von Damyllos, dem Sohn des derzeitigen athenischen Feldherrn, ausgehalten wird? Oder die andere, der sie den Spitznamen »die Mausefalle« gegeben haben?

Charmides: Die letztere. Und ich Unglücklicher bin in diese Falle hineingeraten, und nun zappele ich darin und komme nicht mehr los.

Tryphaina: Ihretwegen also hast du Tränen vergossen?

Charmides: Ja, so ist's.

Tryphaina: Und ist es schon lange, dass du in sie verliebt bist, oder ist das noch ganz frisch?

Charmides: Nein, ganz frisch nicht mehr. Jetzt sind so ziemlich sieben Monate vergangen seit dem letzten Dionysosfest, wo ich sie zum ersten Male gesehen habe.

T r y p h a i n a: Hast du sie denn im ganzen und recht genau oder nur ihr Gesicht und von ihrer Gestalt nur das zu sehen gekriegt, was eine Frau zu zeigen pflegt, wenn sie schon fünfundvierzig Jahre alt ist?

C h a r m i d e s: Was? Und sie selber schwört, im nächsten Monat Elaphebolion werde sie zweiundzwanzig!

T r y p h a i n a: Wem willst du nun glauben, ihren Schwüren oder deinen eignen Augen? Du brauchst weiter nichts als ihre Schläfe ein wenig genauer anzusehen, denn das ist die einzige Stelle, wo sie noch ihre eigenen Haare hat; alles übrige ist falsch und lauter Schwindel. Aber um die Schläfen herum, wenn da die Farbe, womit sie sie einreibt, ein bisschen nachlässt, da schimmert's dann überall weiß durch. Aber wozu braucht's denn das überhaupt? Zwinge sie doch einfach, sich einmal nackt sehen zu lassen!

C h a r m i d e s: Noch niemals hat sie mir darin nachgegeben.

T r y p h a i n a: Natürlich! Die weiß nämlich ganz genau, dass dir beim Anblick der Flecken, die sie am Leibe hat, alle Lust vergehen würde; denn vom Nacken bis zu den Knien ist sie gesprenkelt wie ein Leopard. Und du hast drüber geweint, mit so einer nicht beisammen sein zu dürfen! Hat sie am Ende dich auch gar noch schnippisch und hochnäsig behandelt?

C h a r m i d e s: Ja, wirklich, Tryphaina, und das, obwohl sie von mir schon so viel bekommen hat. Und gerade jetzt, als ich ihr die verlangten tausend Drachmen nicht so leichthin geben konnte – ich bin doch von meinem Vater abhängig, und der ist arg sparsam –, da hat sie den Moschion zu sich gelassen und die Tür zugeriegelt. Und nur deswegen, weil ich sie umgekehrt auch ärgern wollte, hab ich dich zu mir kommen lassen.

T r y p h a i n a: Bei Aphrodite, ich wäre gewiss nicht gekommen, wenn mir jemand gesagt hätte, man hole mich bloß, um einer andern Verdruss anzutun und das noch gar so einer Aschenkruke wie Philemation! Aber jetzt gehe ich! Der Hahn kräht ja auch schon zum dritten Mal.

C h a r m i d e s: Aber doch nicht so hastig, liebe Thryphaina. Wenn das alles wahr ist, was du mir von Philemation sagst, das mit ihren falschen Haaren, und dass sie sich färbt und das mit den Flecken, so wär ich nicht imstande, sie auch nur wieder anzusehen.

T r y p h a i n a: Frage deine Mutter, ob sie vielleicht einmal mit ihr im Bad gewesen ist; denn, was ihr Alter betrifft, davon kann dir dein Großvater, wenn er noch am Leben ist, die beste Nachricht geben.

C h a r m i d e s: Da es so mit ihr steht, so lass uns doch diese Trennmauer einreißen, Tryphaina, wir wollen uns umarmen und küssen und ganz richtig beieinander sein. Philemation aber – nun, sie mag ihr Lebewohl haben auf Nimmerwiedersehen!

12
Joessa, Pythias und Lysias.

J o e s s a: Du bist also meiner überdrüssig, Lysias? Geschieht mir grade recht! Niemals hab ich dir Geld abverlangt, niemals meine Tür verschlossen, weil schon ein anderer bei mir herinnen sei, auch nie dich dazu gedrängt, deinen Vater anzuschwindeln oder deiner Mutter heimlich etwas wegzunehmen und es dann mir zu bringen; so machen's die anderen Mädchen. Ich dagegen habe dich gleich von Anfang an ganz ohne Bezahlung und Entgelt bei mir aufgenommen. Du weißt, wie viele Liebhaber ich fortgeschickt habe, den Ethokles, der jetzt im Rat sitzt, den Schiffsreeder Pasion, deinen Kameraden Melittos, ungeachtet er neulich durch den Tod seines Vaters Herr über sein ganzes Vermögen geworden ist. Ich habe mich dir allein ergeben, dich zu meinem Phaon[18] gemacht, habe keinen andern angesehen oder gar vorgelassen als nur dich allein. Ich Törin glaubte deinen Schwüren, hing treu und sittsam wie Penelope[19] an dir, was mir auch meine Mutter die Ohren voll jammerte und wie oft sie mich bei meinen Freundinnen verklagte. Und du, sobald du die arme liebeskranke Närrin in deiner Gewalt sahst, fingst vor meinen sehenden Augen mit Lykaina an zu schäkern, bloß um mir weh zu tun, und eben jetzt, da du an meiner Seite liegst, stimmst du ein Loblied an auf die Harfenspielerin Magidion. Ich aber weine darüber und fühle mich tief gekränkt. Kürzlich erst, bei dem Gelage, das du deinen Freunden Thrason und Diphilos gabst, waren sogar Kymbalion, die Flötenspielerin, und Pyrallis mit dabei, und die ist doch meine erklärte Feindin. Du aber, obwohl du das sehr gut weißt, hast trotzdem Kymbalion fünfmal geküsst. Nun, viel hat mir das nicht ausgemacht; denn eigentlich ist es beleidigend nur für dich selber, eine solche Person zu küssen. Aber der Pyrallis immer zuzuzwinkern, ihr den Becher, aus dem du trankst, zu zeigen, ihn dann dem Bedienten zu geben und ihm ins Ohr zu raunen, dass er, wenn die Pyrallis ihn nicht verlange, ihn auch für keine andere wieder füllen solle: das war zu arg! Und nun vollends einen Apfel anzubeißen, und in einem Augenblick, wo Diphilos, weil er eben mit Thrason sprach, nicht darauf Acht gab, dich vorzubeugen und, ohne den mindesten Versuch, es vor mir zu verbergen, den Apfel mit einem wohlgezielten Wurfe der Pyrallis in den Schoß zu werfen! Sie aber nahm ihn und küsste ihn und barg ihn dann zwischen ihren Brüsten, grad unter ihrem Busenband. – Was für Ursachen habe ich dir gegeben, mich so zu behandeln? Hab ich mich in irgendetwas, es sei Großes oder Kleines, gegen dich vergangen? dir jemals etwas zum Verdruss getan? jemals einen andern angesehen? Leb ich nicht für dich ganz allein? Wahrlich, Lysias, es ist keine Heldentat, ein unglückliches Mädchen zu peinigen, das nun einmal verrückt nach dir ist! Aber es gibt noch eine Adrasteia[20], und die sieht so etwas! Einmal, und schon bald, könnt es dir Leid tun, etwas über mich zu hören, nämlich, dass ich mich mit einem Strick aufgehängt und erdrosselt oder kopfüber in einen Brunnen gestürzt habe: irgendein Mittel zu sterben werd ich schon finden, damit dir mein Anblick nicht mehr zur Last ist. Triumphiere dann immerhin, als hättest du ein großes herrliches Werk vollbracht! – Was schaust du mich so von unten her an und knirschst mit den Zähnen? Wenn du etwas über mich zu klagen hast, so sprich! Pythias hier soll Richterin zwischen uns sein. – Wie? Er geht fort und würdigt mich nicht einmal einer Antwort? – (Sie weint.) Siehst du, Pythias, wie mir's von Lysias gemacht wird?

P y t h i a s: Welche Gefühllosigkeit! Nicht einmal von ihren Tränen gerührt zu werden! Ein Stein ist das, kein Mensch. – Aber, wenn ich die Wahrheit sagen soll, du hast ihn dir selbst dadurch verdorben, dass du ihn zu übermäßig geliebt und ihm das auch gezeigt hast. Er hätte gar nicht merken dürfen, dass du ihm so sehr verfallen bist. Sie werden ja doch nur anmaßend, wenn sie das spüren. Ach hör doch nur auf zu weinen, armes Kind! Und wenn du mir folgst, dann sperrst du ihm ein- oder zweimal die Tür zu. Du sollst einmal sehen, wie schnell er wieder Feuer fängt und lichterloh brennt und wie dann umgekehrt er es sein wird, der verrückt wird, und zwar nach dir!

J o e s s a: O sag doch das nicht! Pfui, ich sollte dem Lysias die Tür verschließen? Wenn nur er mir nicht damit zuvorkommt, mich sitzen zu lassen!

P y t h i as: Aber da kommt er ja schon wieder!

J o e s s a: Jetzt hast du uns ruiniert, Pythias! Er wird gehört haben, dass du gesagt hast: »Sperr ihm die Tür zu!«

L y s i a s: Nicht um die da geht es mir, wenn ich zurückkomme, Pythias: die möchte ich nicht einmal mehr anschauen, eine solche wie sie ist; aber deinetwegen tue ich es, nämlich damit du mich nicht falsch beurteilst und sagst: »Der Lysias ist doch ein ganz hartherziger Mensch!«

P y t h i as: Genau das habe ich grade eben gesagt!

L y s i a s: Du willst also von mir, ich soll diese Joessa noch weiter ertragen? Gewiss, jetzt heult sie; aber jüngst erst habe ich selbst danebengestanden und die Abtrünnige mit einem jungen Burschen schlafen gesehen!

P y t h i as: Darauf, mein guter Lysias, könnte ich kurz und gut antworten, sie ist nun einmal eine Hetäre. Aber wann war denn das, dass du sie miteinander schlafend angetroffen hast?

L y s i a s: Vor sechs Tagen ungefähr; ja, beim Zeus, genau vor sechs, da der nächste Tag grade anfängt; heut ist also der siebente Tag. Mein Vater, der in Erfahrung gebracht hatte, dass ich seit langer Zeit in dieses tugendhafte Frauenzimmer hier verliebt bin, hatte mich eingeschlossen und dem Türhüter verboten, mir aufzumachen. Aber ich – denn es war mir unerträglich, nicht bei ihr zu sein – sagte meinem Diener Dromo, er solle sich an der Hofmauer dort, wo sie am niedrigsten ist, hinstellen und sich ein bisschen bücken und mich auf seinen Rücken steigen lassen; so könnte ich ziemlich leicht drüberkommen. Was soll ich viele Worte machen? Ich stieg hinüber, kam an und fand die Haustür sorgfältig verschlossen, es war ja auch schon um Mitternacht. Deshalb wollte ich auch nicht anklopfen, sondern hob die Tür, wie ich schon mehrmals getan hatte, ganz sachte hoch, drehte sie in den Angeln und kam also ohne Geräusch hinein. Alles schlief. Ich taste mich der Wand entlang und schließlich stehe ich an ihrem Bett.

J o e s s a: Heilige Demeter, was wird noch herauskommen? Ich stehe Todesangst aus.

L y s i a s: Wie ich nun merkte, dass hier nicht nur eine Person atmete, glaubte ich anfangs, ihr Mädchen Lydia schlafe bei ihr. Aber das war es nicht, Pythias. Denn indem ich so herumtastete, fand ich ein unbärtiges, zartes, ganz kahlgeschornes Bürschchen vor; und nach feinem Parfüm roch er auch! Hätte ich einen Degen bei mir gehabt, ich hätte nicht lange gefackelt, das könnt ihr mir glauben! – Nun, was soll das? Was lacht ihr, Pythias? Kommt dir die Sache so belachenswürdig vor?

J o e s s a: Das war es also, was dich so böse gemacht hat, Lysias? Es war diese nämliche Pythias, die bei mir schlief!

P y t h i a s (ihr die Hand auf den Mund legend): Sag's ihm bloß nicht, Joessa!

J o e s s a: Und warum sollt ich's nicht sagen dürfen? Pythias war es, mein Liebster; sie hatte ich herrufen lassen, damit wir zusammen schliefen; denn es war mir so traurig, dass ich dich nicht bei mir hatte.

L y s i a s: Pythias wäre der Bursche gewesen, dem die Haare bis auf die Haut abgeschoren waren? Wie ist ihr denn binnen sechs Tagen wieder so mächtig viel Haar gewachsen?

J o e s s a: Die Haare waren ihr in einer Krankheit so stark ausgefallen, dass sie sich vollends kahl scheren lassen musste; und nun trägt sie eine Perücke. Zeig es ihm doch, Pythias, zeig, dass es wirklich so ist, überzeug ihn doch! (Sie nimmt ihr die falschen Haare ab.) Schau ihn dir an, den zarten unbärtigen jungen Buhlen, auf den du so eifersüchtig wurdest!

L y s i a s: Aber sage selbst, Joessa, musst ich's nicht werden, da ich ja mit meinen eignen Händen den Liebhaber selbst ertasten konnte?

J o e s s a: Aber jetzt bist du doch überzeugt! Wäre nun die Reihe nicht an mir, dich wiederzuquälen, und hätte ich nicht bessere Ursache, meinerseits mit dir zu schmollen?

L y s i a s: Tu es nicht, liebe Joessa! Lass uns jetzt zusammen trinken, und Pythias soll uns unser neues Bündnis feiern helfen!

J o e s s a: Ja, sie soll mit dabei sein! (Zu Pythias.) Was hab ich deinetwegen alles ausgestanden, du edler Jüngling Pythias!

P y t h i as: Dafür aber habe ich euch auch wieder miteinander versöhnt; und eure Liebe gewinnt so viel dabei, dass du unmöglich auf mich zürnen kannst. Aber noch eins, Lysias – schau zu, dass du mir ja über die Sache mit meinen Haaren zu keinem Menschen auch nur ein Wort sagst!

13
Leontichos, Chenidas und Hymnis

L e o n t i c h o s: Aber nun vollends in dem Treffen gegen die Galater – das soll euch Chenidas erzählen, wie ich da all unsern Reitern auf meinem weißen Rosse vorausgeritten bin, wie die Galater, wiewohl es ihnen sonst an Mut nicht fehlt, sobald sie mich erblickten, zu zittern anfingen und kein einziger Mann mehr standhielt. Nun schleuderte ich meinen Wurfspieß und durchbohrte den Reiterführer samt seinem Ross durch und durch; auf den Rest aber, der noch zusammenhielt (denn, wiewohl die ganze Phalanx gesprengt war, so blieben doch noch einige und versuchten, sich zu einem Karree neu zu formieren), stürme ich mit gezücktem Schwert und so wütend los, dass ich durch den bloßen Anprall meines Pferdes die sieben Vordersten von ihnen übern Haufen werfe, während ich mit meinem Degen einem Rittmeister den Schädel auf einen Hieb in zwei Hälften spalte. – Bald darauf rücktet ihr andern auch an, Chenidas, fandet aber nichts mehr zu tun, als den Fliehenden nachzusetzen.

C h e n i d a s: Aber damals, Leontichos, als du mit dem Satrapen an der Grenze von Paphlagonien den Zweikampf ausfochtest, war das nicht auch eine Großtat, die du da vollbracht hast?

L e o n t i c h o s: Gut, dass du mich daran erinnerst! Ich muss selbst gestehen, es war keine von meinen schlechtesten Taten. Der Satrap, ein Mann von gigantischer Statur, der für einen hervorragenden Fechter gelten durfte, dabei ein großer Verächter von allem, was Griechisch heißt, war trotzig vor die Front geritten und hatte einen jeden von uns, der nur Lust hätte, zum Zweikampf herausgefordert. Da waren alle anderen zu Tode erschrocken, Obersten, Generale und der Oberfeldherr selbst – ein Aitoler namens Aristaichmos, ein Mann, dem es nicht an Schneid fehlte, und der beste Lanzenwerfer in der ganzen Armee. – Ich kommandierte damals noch nur tausend Mann; aber das Herz schwoll mir empor, ich stieß meine Kameraden, die mich zurückhalten wollten, auf die Seite – denn es wurde ihnen bange für mich beim Anblick des riesenmäßigen Barbaren; der stand da in seiner vergoldeten Rüstung, als ob er Strahlen von sich würfe, und von seinem Helm herab flatterte ein Federbusch, und mit trotziger Miene schüttelte er seine Lanze!

C h e n i d a s: Ich muss gestehen, auch mir wurde damals angst für dich, Leontichos. Du erinnerst dich, wie ich dich zurückzuhalten suchte und dich beschwor, dich nicht vor allen anderen in Gefahr zu begeben! Denn wenn du stürbest, dann sei auch für mich selbst das Leben nicht mehr lebenswert.

L e o n t i c h o s: Aber, wie gesagt, das Herz schwoll mir hochgemut empor, und ich trat vor, mitten zwischen beide Heere, nicht schlechter bewaffnet als der Paphlagonier, sondern ebenfalls von Kopf bis Fuß in Gold. Sogleich erhob sich ein großes Geschrei vonseiten der Unsrigen sowohl als der Barbaren; denn auch diese erkannten mich stracks an meinem runden Schild, an meinem Waffenschmuck und an meinem Helmbusche. Sag mir doch, wem soll ich dabei gleichgesehen haben, Chenidas?

C h e n i d a s: Wem anders, beim Zeus, als dem Sohne der Thetis und des Peleus, dem großen Achilleus? So ein heldenmäßiges Ansehen hattest du, mit deinem Helm, in deinem purpurnen Kriegsrock und dem blitzenden Schild am Arme!

L e o n t i c h o s: Nun gingen wir aufeinander los, und der Barbar brachte mir zuerst eine kleine Wunde bei, indem er mich mit seinem Wurfspeer etwas oberhalb des Knies ganz leicht streifte. Ich aber stoße ihn mit meinem langen makedonischen Speer durch seinen Schild mitten in die Brust; er fällt, ich laufe hinzu, mit meinem Säbel schneid ich ihm wie nichts den Hals ab und trete mit der Beute seiner Rüstung den Rückweg an; zugleich hatte ich seinen Kopf oben auf meine Lanze drauf gesteckt, von wo ständig das Blut auf mich heruntertroff.

H y m n i s: Jetzt aber geh mir weg, Leontichos, das ist ja ekelhaft und grässlich, was du da von dir erzählst! Da mag dich ja kein Mensch mehr auch nur anschauen, mit deinem Spaß an Blutrunst, geschweige, dass jemand Lust haben könnte, mit dir zu zechen oder gar zu schlafen. Ich wenigstens geh jetzt fort.

L e o n t i c h o s: Ich zahle dir das doppelte Honorar.

H y m n i s: Nein, das ertrüg ich nicht, bei einem solchen Mörder im Bett zu liegen!

L e o n t i c h o s: Fürchte dich nicht, Hymnis! Das alles ist in Paphlagonien geschehen; jetzt ist für mich Frieden!

H y m n i s: Aber du bist mit Mord besudelt! Das Blut von dem Kopfe des Barbaren, den du auf deinem Speer trugst, ist auf dich herabgeronnen! Und einen solchen Mann soll ich umarmen und küssen? Das darf, bei den Göttinnen der Anmut, nicht geschehen! Er ist ja um nichts besser als ein Henkersknecht!

L e o n t i c h o s: Ich würde dir gewiss gefallen, wenn du mich in meiner Rüstung sähest!

H y m n i s: Wenn ich nur davon reden höre, Leontichos, dreht sich mir der Magen um, es läuft mir eiskalt über den Rücken und mir ist, ich sähe die blutigen Gespenster der Ermordeten, besonders des armen unglücklichen Rittmeisters, dem du den Kopf in zwei Hälften gespalten hast. Wie wär es erst, wenn ich die Sache selbst und das viele Blut und die herumliegenden Toten sähe! Ich stürbe, glaub ich, auf der Stelle, ich, die nie hat zusehen können, wenn auch nur ein Hahn geschlachtet wird.

Leontichos: Ei, ei, Hymnis! Bist du denn so gar feigherzig und von so kleiner Seele? Und ich hab doch geglaubt, du hättest Spaß daran, mir zuzuhören!

Hymnis: Da musst du dir andere Zuhörer suchen, die an solchen Geschichten ihr Gefallen haben sollen; vielleicht findest du noch irgendwo ein paar Lemnierinnen oder Danaiden[21]. Ich renne heim zu meiner Mutter, solange es noch Tag ist. – Komm du nur auch mit, Grammis! Du aber, wackerer Herr Obrist, leb wohl, und schlag so viel Köpfe ab wie du willst. (Sie läuft davon.)

Leontichos: Halt, Hymnis, bleib doch da! Wart! – Da, weg ist sie!

Chenidas: Du hast aber auch dem unschuldigen Mädchen mit deinem wehenden Federbusch und den unglaublichen Mordgeschichten gar zu Angst gemacht! Ich sah gleich, wie sie blass wurde, da du noch an dem Rittmeister warst, wie ihr Gesicht sich verzerrte und wie es sie schüttelte, als du ihm auch noch den Kopf entzweischlagen musstest.

Leontichos: Ich habe doch nur geglaubt, das würde mich um so anziehender in ihren Augen machen. Aber du bist auch an meinem Unglück mitschuldig, Chenidas. Warum musstest du mir auch das Stichwort von dem Zweikampf zuwerfen?

Chenidas: Ich musste dir ja doch wohl lügen helfen, da ich sah, was du mit deinen Aufschneidereien wolltest. Aber du hättest es nicht so gar arg machen sollen! Sei's denn, dass du dem armen Paphlagonier den Kopf abhauen musstest! Aber war es dann noch nötig, ihn auf den Spieß zu stecken und das Blut auf dich heruntertriefen zu lassen?

Leontichos: Das war tatsächlich ekelhaft, du hast recht, Chenidas; aber das übrige klang doch so übel nicht? Aber trotzdem: Geh jetzt schnell fort und überrede sie, doch noch mit mir zu schlafen!

Chenidas: Soll ich sagen, es sei an allem kein wahres Wort? Und du hättest ihr bloß imponieren wollen?

Leontichos: Aber das wäre doch für mich eine Riesenblamage!

Chenidas: Anders kommt sie dir gewiss nicht. Wähle also, was du lieber willst entweder ihren Abscheu mit der Meinung, dass du eine große Kriegsgurgel seist; oder bekennen, dass du gelogen hast und Hymnis zur Schlafgesellin haben?

Leontichos: Die Wahl ist schwer – aber trotz allem: Ich entscheide mich für Hymnis! Geh also und sag ihr, zwar sei ein bisschen davon erlogen gewesen; aber doch nicht alles, nicht wahr?

14
Dorion und Myrtale

D o r i o n: Jetzt sperrst du mich aus, Myrtale, jetzt, da ich ein armer Mann geworden bin durch dich! Ehmals, wie ich dir immer so viel zu bringen hatte, da war ich dein Liebster, dein Mann, dein Gebieter, da war ich alles: aber nun, nachdem ich selbst völlig abgebrannt bin und du dafür den bithynischen Kaufmann aufgetrieben hast, nun kann ich vor der Tür stehen und heulen, so lang ich will; jener hingegen wird glücklich gemacht und ist Herr im Hause und bleibt die ganze Nacht bei dir, und du sagst sogar, du bekämst ein Kind von ihm.

M y r t a l e: Höre, Dorion, ich bin es herzlich überdrüssig, dich solche Reden führen zu hören, und am meisten verdrießt es mich, wenn du sagst, was du mir alles gegeben hast und ich hätte dich zum Bettler gemacht. So rechne einmal alles zusammen, was du mir von Anfang an gebracht hast!

D o r i o n: Gut, Myrtale, wir wollen zusammenrechnen. Erstens ein Paar sikyonische Schuhe für zwei Drachmen; schreibe zwei Drachmen!

M y r t a l e: Aber dafür hast du auch zwei Nächte bei mir gelegen.

D o r i o n: Ferner, wie ich aus Syrien zurückkam, ein Alabasterkrüglein mit phönikischem Parfüm, das mich, beim Poseidon, ebenfalls zwei bare Drachmen kostete.

My r t a l e. Und ich? Hab nicht ich dir die hübsche Seemannsjacke mit auf die Reise gegeben – sie ging bis fast ans Knie hinab –, damit du etwas zum Anziehen beim Rudern hättest? Der Obermaat Epiuros hatte sie doch damals, als er einmal mit mir schlief, bei uns vergessen.

D o r i o n: Ja, aber die hat nicht lange bei mir ausgehalten. Kürzlich sind wir, Epiuros und ich, uns in Samos wiederbegegnet, und da hat er sie als die seinige erkannt, und nachdem wir uns tüchtig darum gerauft hatten, musste ich sie ihm am Ende doch zurückgeben. Aber dann hab ich dir aus Zypern Zwiebeln und fünf Lachse und, als wir aus dem Bosporos zurückkamen, vier Barsche mitgebracht. Item acht Stück Schiffszwieback in einem Weidenkorb, einen großen Topf voll karischer Feigen und neulich aus Patarai vergoldete Sandalen, du undankbares Ding, du! – Und eben jetzt fällt mir auch der große Käse ein, den ich dir aus Gythion mitbrachte.

M y r t a l e: Und das alles zusammen, Dorion, wird summa summarum so etwa fünf Drachmen wert sein.

D o r i o n: Ach, Myrtale, das ist auch alles, was ein armer Matrose wie ich, der von seinem Solde leben muss, geben kann. Aber jetzt habe ich's schon so weit gebracht, dass die ganze Steuerbordseite der Ruderbank unter meinem Befehle steht; und ausgerechnet jetzt ist unsereiner dir nicht mehr gut genug! Und hab ich nicht neulich an den Aphrodisien eine silberne Drachme deinetwegen der Göttin zu Füßen gelegt? – Und ferner hab ich deiner Mutter zwei Drachmen zu einem Paar Schuhe gegeben und deiner Lyde hier, viel und oft, bald zwei, bald drei Obolen als Trinkgeld in die Hand gedrückt! Das alles zusammengerechnet macht eines armen Bootsmanns Hab und Gut aus.

M y r t a l e: Die Zwiebeln und Lachse meinst du?

D o r i o n: Allerdings! Ich konnte nun einmal nicht mehr herbeischaffen. Wenn ich reich wäre, so wär ich kein Matrose. Meiner leiblichen Mutter hab ich in meinem Leben nicht einen Knoblauchsknollen mitgebracht. Aber nun möcht ich doch auch wissen, was dir denn der Bithynier für Geschenke gemacht hat?

M y r t a l e: Als erstes sieh dir einmal dieses Seidenkleid an! Das hat er mir gekauft und dies Halsband dazu, es hat ein hübsches Gewicht.

D o r i o n: Das da? Geh, das hab ich schon lange an dir gesehen!

M y r t a l e: Aber das, was du gesehen hast, war viel dünner und hatte keine Smaragden. Diese Ohrringe und der Teppich sind ebenfalls von ihm; auch ist es noch nicht lange her, dass er mir zwei Minen bares Geld gegeben hat; und unsre Hausmiete hat er auch

15
Kochlis und Parthenis

K o c h l i s: Was weinst du, Parthenis? Und wo kommst du mit deinen zerbrochnen Flöten her?

P a r t h e n i s: Der große aitolische Soldat, der Liebhaber der Krokale, hat mich geschlagen, weil er mich bei seinem Mädchen fand, wohin mich sein Nebenbuhler Gorgos bestellt hatte, und hat mir meine Flöten in Stücke zerbrochen und den Tisch, woran sie eben saßen und zu Nacht essen wollten, übern Haufen geworfen, und die Kanne umgeschmissen, dass aller Wein auf den Boden floss; und jenen armen Bauersmann, eben den Gorgos, hat er an den Haaren vom Tische weggezerrt, und dann haben sie sich um ihn herumgestellt, nämlich der Soldat selber, Deinomachos heißt er, glaub ich, und sein Kamerad und haben ihn so erschrecklich geschlagen, dass ich nicht weiß, ob der arme Mensch mit dem Leben davonkommen wird, Kochlis; denn es floss ihm eine Menge Blut aus der Nase, und das ganze Gesicht ist aufgeschwollen und braun und blau.

K o c h l i s: Ist der Kerl wahnsinnig? Oder war er so betrunken, dass er im Rausch nicht mehr wusste, was er tat?

P a r t h e n i s: Eifersucht, liebe Kochlis, und irregeleitete Liebe war an allem schuld. Krokale hatte, glaub ich, zwei Talente von Deinomachos verlangt, wenn er sie für sich allein haben wollte. Weil er ihr nun nicht so viel gab, da soll sie ihm, als er das nächste Mal kam, die Tür vor der Nase zugeknallt und den Riegel vorgeschoben haben. Statt dessen ließ sie den Gorgos, einen wohlhabenden Bauern aus dem Dorf Oinoi, der schon lange ein Auge auf sie hatte, bei sich ein; sie trank mit ihm, und mich holte sie auch dazu herbei, damit ich ihnen etwas auf der Flöte vorspielen sollte. Sie hatten schon eine gute Weile getrunken, ich fing ein lydisches Stückchen zu blasen an, die Musik kam dem guten Gorgos in die Füße, er stand auf und fing zu tanzen an, Krokale klatschte dazu, und alles war schön und gut. In diesem Augenblick nun war auf einmal ein Lärmen und Geschrei zu hören, es wurde ans Tor gepocht, und gleich darauf drangen an die acht baumstarke junge Burschen herein, und der Megarer unter ihnen. In einem Augenblick war alles drunter und drüber geworfen, der arme Gorgos wurde, wie gesagt, brutal zusammengeschlagen, lag am Boden und wurde mit Füßen getreten; aber Krokale hatte sich, ich weiß nicht wie, noch rechtzeitig aus dem Staube gemacht und zu ihrer Nachbarin Thespias geflüchtet. Dafür ging es desto ärger über mich her: Deinomachos schlug mich, wobei er auf mich einschrie: »Die Pest sollst du kriegen«, und dann warf er mir die Trümmer meiner zerbrochenen Flöten an den Kopf. Und eben jetzt bin ich entronnen und laufe weg, es meinem Herrn zu sagen. Auch der Bauer geht grade weg, um Freunde, deren er etliche in der Stadt hat, zu suchen, damit diese den Megarer bei dem Prytanengericht anzeigen und verhaften lassen.

K o c h l i s: Das hat man also davon, wenn man sich mit solchen Soldaten auf ein Verhältnis einlässt: Schläge und Prozesse! Wenn man sie hört, so sind sie lauter Generale und Obersten; wenn sie aber was geben sollen, da sagen sie immer nur: »Wart ein bisschen, bis die Kriegssteuer eingeht«, und: »Wenn mir mein Sold ausgezahlt wird, dann werde ich alles prompt erledigen!« Hol sie doch allesamt der Henker, diese Großmäuler! Ich bin am besten dran, dass ich sie überhaupt nicht mir in die Nähe kommen lasse. Ich wünsche mir immer nur, einen Fischer zu haben oder einen Schiffsmann oder einen Bauern: Da hat man einen bescheidenen Menschen, der zu einem passt; und wenn er auch wenig von Schöntun und Süßholzraspeln versteht, um so mehr zahlt er. Diese Burschen aber, die ständig ihren prächtigen Helmbusch schütteln und immer nur von Schlachten was erzählen wollen, das sind alles lauter Windhunde, liebe Parthenis.

Anmerkungen

1. Die Haloen sind ein attisches Bauernfest zu Ehren der Demeter, mit Festgelagen, Zechen und deftigen Obszönitäten, im Winter gefeiert und mit ritueller Fruchtbarkeitsmagie verbunden.
2. Bis in die spätere Antike galt Thessalien als das Mutterland der Zauberei, so auch bei Horaz und Lukian.
3. Thesmophorien: Ein Frauenfest zu Ehren der Demeter – Ceres und ihrer Tochter Kore oder Persephone.
4. Alopeke: ein attisches Dorf.
5. Am Eingang der Akropolis von Athen stand eine Statue der (Priesterin?) Sosandra des Bildhauers Kalamis (5. Jh. n. Chr.), deren züchtige Verhüllung und würdevoll zurückhaltendes Lächeln gerühmt wurden.
6. Achills Mutter Thetis wusste, dass ihr Sohn vor Troia den Tod finden werde, und verbarg ihn deshalb bei Kriegsbeginn in Mädchenkleidern am Hofe des Königs Lykomedes auf der Insel Skyros. Aber Odysseus entlarvt ihn, indem er vor den Mädchen Schmuck und Waffen ausbreitet. Die echten Mädchen greifen nach dem Schmuck, Achill aber nach den Waffen.

7. 1 Mine = 100 Drachmen, eine ansehnliche, für arme Leute überwältigende Summe.
8. Adrasteia wurde seit der Zeit der Klassik mit Nemesis gleichgesetzt (eigentlich »die Zuteilerin«, nämlich des Schicksals, des Rechtes und vor allem der Strafe und Rache). Deshalb wurde Adrasteia besonders gerne von sozial Schwachen, von Entrechteten, von Frauen und gerade auch von Hetären angerufen.
9. In einem heiligen Bezirk in Athen, welcher »die Gärten« hieß, befand sich ein Tempel der Urania.- Plutodoteira (= Reichtumgeberin): ein Beiname der Erdgöttin Gaia, oder auch der Demeter (?).
10. Die beiden Göttinnen sind Demeter und Kore-Persephone; Polias ist Athena als Schützerin der Polis Athen.
11. Kolyttos: ein attisches Dorf; die Herkunftsbezeichnung gibt hier dem Namen – natürlich ironisch – einen amtlichen, urkundlichen Charakter.
12. Auch Acharnai ist ein Dorf bei Athen, die Bauern dort galten als besonders wohlhabend.
13. Haloen: s. Anm. 1.
14. Die »Bunte Halle, hier nur abgekürzt »Poikile«, »die Bunte« genannt, lag im Norden des Marktes (der Agora) von Athen. Sie war mit Szenen aus Athens Geschichte des Malers Polygnot (5. Jh. v. Chr.) geschmückt; daher ihr Name.
15. Das ‚historische Kostüm' dieses Stückes erschwert vielleicht den unmittelbaren Zugang und lässt es

eher ein wenig frostig erscheinen. In dem Namen Philostratos liegt ein paradoxer Spaß, denn er bezeichnet »den, der gern in den Krieg zieht«, wovon bei ihm gewiss keine Rede sein kann. In der Antike gab es oft Spiele mit Namen. Die Dienerin heißt »Dorkas« – »das Rehlein mit den munteren Augen«, der Offizier »Polemon« = »der Kriegerische«, die Hetäre »Pannychis« = »die es die ganze Nacht hindurch treibt«.

16. Odrysier, Odrysen: ein Volk am thrakischen Hebros, heute Maritza; bedeutet so viel wie »Wo der Pfeffer wächst«.
17. Zweifellos sind hiermit Dialoge wie Platons Symposion und Phaidros gemeint.
18. Phaon, der Geliebte der Sappho. Seinetwegen soll die Dichterin Sappho vom leukadischen Felsen ins Meer gesprungen sein.
19. Penelope wartet, allen Werbungen der »Freier« widerstehend, zwanzig Jahre lang auf die Heimkehr des Odysseus.
20. Adrasteia, vgl. Anm. 13.
21. Die Frauen der Insel Lemnos hatten, ähnlich wie die Danaiden, ihre Männer umgebracht.
22. Die Dioskuren, Söhne der Leda und des Zeus, waren die Schutzherren der Seeleute.

Nachwort

Lukians *Hetärengespräche* – um das Jahr 160 nach Chr. entstanden und neben den Götter- und Totengesprächen eines der berühmtesten Werke des aus Syrien stammenden Dichters – sind unterhaltsame Milieuschilderungen, die in frivol-frecher Erzählweise einen Einblick in die vergangene (Halb-)welt der Hetären, d.h. der Prostituierten, im 4. Jh. (v. Chr.) in Athen geben.

»Kein anderes Werk führt in die verklungene Schönheitswelt der antiken Erotik so unmittelbar ein wie Lukians köstliche Hetärengespräche mit ihrem leichten Geplauder lockerer Dirnchen«, heißt es im Werbeprospekt des Julius Bard Verlages, der 1920 Lukians *Hetärengespräche* mit Illustrationen von Lene Schneider-Kainer in einer Prachtausgabe herausbrachte.

Allerdings ging es bei den Hetären nicht nur um sexuelle Dienstleistungen. Hetären waren relativ gebildet und konnten auch über Literatur, Kunst und Philosophie diskutieren. Ihre Anwesenheit war vor allem beim Symposion geschätzt, einem oft ausschweifenden Trinkgelage, bei dem auch Lieder und Reden vorgetragen wurden und bei denen die Hetären die Gesellschaft mit Flötenspiel, Tanz und sogar Akrobatik unterhielten. »Anständige«, d.h. bürgerliche Frauen waren zum Symposion nicht zugelassen. Sie spielten überhaupt im gesellschaftlichen Leben Athens eine untergeordnete Rolle. Nach der Heirat mit einem in der Regel wesentlich älteren Mann wurden sie in den Haushalt verbannt und blieben vom gesellschaftlichen Leben so gut wie ausgeschlossen. Auf griechischen Vasenbildern erscheinen sie – wenn überhaupt – züchtig bekleidet, auf Stühlen sitzend oder stehend neben ihren Ehemännern. Die Hetären hingegen wurden auf Betten liegend und mit nackten Oberkörpern dargestellt – beides unmissverständliche Hinweise auf ihren Beruf. Da das Geschlechtsleben in der Antike nicht tabuisiert wurde, musste die Prostitution nicht ins Halbdunkel verbannt werden.

Die *Hetärengespräche* beinhalten insgesamt 15 Dialoge mit wechselnden Gesprächspartnern. Darin ziehen die Hetären ungeniert über ihre Freier her und spotten über deren soziale und berufliche Stellung, deren Einkommen und Gattinnen. Auch untereinander wird so mancher Seitenhieb ausgeteilt, doch stehen sich die Hetären mitunter auch mit Ratschlägen zur Seite, z.B. wenn es um die Verhütung ungewollter Schwangerschaften oder die Wirkung von Zauberkräften geht. Manchmal kommt es unter den Hetären aber auch zu Sticheleien, übler Nachrede und Neid. Im ersten Gespräch lässt Thais, die ihren Liebhaber an eine andere Frau verloren hat, kein gutes Haar an ihrer Nebenbuhlerin:

»Er muß ja stockblind sein, wenn er nicht gesehen hat, was für schütteres Haar sie hat und wie weit über der Stirn es erst anfängt. Dazu hat sie ganz blaue, leichenblasse Lippen und einen mageren Hals mit geschwollenen Adern dran, und erst ihre lange Nase!«

Hinter scheinbar oberflächlichen Unterhaltungen wird aber auch der soziale Hintergrund sichtbar. Für vom Schicksal weniger begünstigte Hetären waren die Zuwendungen der Freier oft das einzige Einkommen. So ist es verständlich, wenn die Mütter unrentable Verhältnisse ihrer Töchter nicht gern sehen und für den begüterten, wenn auch unattraktiven Freier plädieren. Die Töchter wiederum empören sich darüber, dass sie statt ihres zarten, aber mittellosen Liebhabers »diesen Bauernlümmel, der nach Ziegenmist stinkt« in ihr Bett nehmen sollen.

Dass neben den Unterhaltungen über die Vor- und Nachteile der verschiedenen Liebhaber auch ein lesbisches Verhältnis Gegenstand der Unterhaltung ist, verschweigt Christoph Martin Wieland in seiner Übersetzung aus dem 18. Jh., indem er dieses Gespräch ganz einfach unterschlägt. Es war ihm wohl zu heikel.

Lukians Milieuschilderungen überzeugen dort am meisten, wo er selbstironisch die Eitelkeit der Männer bloßstellt. So brüstet sich zum Beispiel ein Soldat vor der Hetäre Hymnis mit seinen blutrünstigen Mordgeschichten, so dass diese sich angewidert zurückzieht. Der Aufschneider Leontichos muss am Ende zugeben, dass er alles nur erfunden hat, um sich für die Hetäre interessant zu machen. Sympathischerweise nimmt er die Blamage in Kauf, um die gemeinsame Nacht doch noch zu retten.

Obgleich in den antiken Dialogen der Hetären ständig über Männer gesprochen wird und sie auch aktive Gesprächsteilnehmer sind, wird durch die zarten, pastellfarbenen Illustrationen Lene Schneider-Kainers eine reine Frauenwelt vor den Augen der LeserInnen ausgebreitet. So erklärt sich die zunächst überraschende Abwesenheit von Männern in ihrer künstlerischen Interpretation des Lukian-Textes. Offensichtlich orientierte sich die Künstlerin an der wörtlichen Übersetzung des griechischen Begriffs »Hetäre«, der »Gefährtin« bedeutet. Gemeint ist damit nicht nur die Gefährtin des männlichen Freiers, mit dem sie im Einzelfall über Jahre hinweg verbunden sein konnte. Lene Schneider-Kainer betont die Bedeutung, die die antiken Hetären füreinander als Gefährtinnen und Vertraute einnehmen konnten. In ihren harmonisch komponierten Figurengruppen ist von den vielen Streitigkeiten und Verdächtigungen, einander die Liebhaber auszuspannen, daher nichts zu spüren. Der Künstlerin ging es statt dessen um die Darstellung erotischer weiblicher Akte bzw. Halbakte, die den historischen Text bebildern. Die Kleidung der Hetären und die sparsam angedeutete Ausstattung der Innenräume weisen dabei nicht in die vergangene Welt der Antike zurück, sie erscheinen vielmehr zeitlos. Die Verbindung eines antiken Textes mit verführerischen erotischen Illustrationen dürfte im Erscheinungsjahr zu einer raschen Verbreitung beigetragen haben. Der Werbeprospekt des Julius Bard Verlages pries vor allem auch die lockere Sinnlichkeit von Lene Schneider-Kainers Zeichnungen an:

»Nach Klimt unternimmt es nun eine moderne Künstlerin, Lene Schneider Kainer, den Geist dieses naiv-raffinierten Meisterwerks der Weltliteratur in der Rhythmik zarter Linien widerzuspiegeln. Während aber der Wiener Meister den schwülen Hauch einer krampfigen Inbrunst in seine Lukianbilder hineintrug, besitzt Frau Lene Schneider-Kainer die glückliche Unbefangenheit und Leichtigkeit, um die frivol-frohe Grazie des Griechen in ihren farbigen Steinzeichnungen rein auszudrücken. Die antiken Hetären werden auf diesen Blättern in all ihrem ungeschminkten Sichgehenlassen und ihrer hingegebenen Sinnlichkeit zum Leben erweckt.«

Etliche Graphiken Lene Schneider-Kainers können uneingeschränkt als Darstellungen lesbischer Begegnungen gedeutet werden. Häufig sind zwei oder mehrere Frauen einander liebevoll zugewandt und beziehen sich mit Blicken und Körpersprache aufeinander. Die spärliche Bekleidung der zumeist üppigen weiblichen Körper dient dabei weniger dem Verhüllen als vielmehr der um so wirkungsvolleren Präsentation weiblicher Nacktheit.

Ohne Zweifel bot Lene Schneider-Kainer mit ihren Illustrationen zu den *Hetärengesprächen* lesbischen

Frauen Identifikationsmuster, in denen diese eigene Wünsche gespiegelt sahen.

Doch wer war diese Künstlerin, die 1920 mit dem delikaten Illustrationsauftrag der *Hetärengespräche* betraut wurde?

Lene Schneider-Kainer (1885-1971) galt in den zwanziger Jahren des 20. Jahrhunderts als erfolgreiche und von der Kritik hochgeschätzte Malerin und Graphikerin, die vor allem als Illustratorin graphischer Mappenwerke wie der *Hetärengespräche* bekannt geworden war. In Wien geboren, verbrachte Lene Schneider-Kainer die Jahre ihres größten Erfolgs in der Metropole der Weimarer Republik, bevor sie 1932 als Jüdin und als aufmerksame Beobachterin der politischen Veränderungen Berlin verließ. Sie reiste durch Asien und Marokko und hinterließ ein beeindruckendes Werk, das u.a. Porträts, Landschaften und weibliche Akte in unterschiedlichen künstlerischen Techniken umfasst. Lene Schneider-Kainer war 1929 und 1930 Mitglied im Verein der Berliner Künstlerinnen; 1931 erhielt sie den Rom-Preis der Villa Massimo.[1]

Lene Schneider-Kainer gehört neben Renée Sintenis, Jeanne Mammen und Charlotte Berend-Corinth

1 Nähere Informationen zu Lene Schneider-Kainer finden sich in: Dahmen, Sabine: »Leben und Werk der jüdischen Künstlerin Lene Schneider-Kainer im Berlin der zwanziger Jahre.« Dortmund 1999.

zu den wenigen Künstlerinnen, die sich in den ersten beiden Jahrzehnten des 20. Jahrhunderts mit vergleichbarer Intensität und Kontinuität der Aktzeichnung verschrieben haben. Eine Frau, die den weiblichen Akt in den Mittelpunkt ihrer künstlerischen Produktion stellte, galt – selbst im relativ freizügigen Klima der Weimarer Republik – als höchst suspekt. Frauen fungierten in der Aktmalerei traditionellerweise als Modelle und nicht als ausführende Künstlerinnen. Künstlerinnen, die ein so auffälliges Interesse an diesem klassischen Männerthema bekundeten und sich mit dem nackten weiblichen Körper auseinander setzten, verunsicherten männliche Kritiker in nicht geringem Maße. »Mutig«, »kühn«, »brutal« oder gar »männlich« heißt es in ihrem Urteil über Lene Schneider-Kainers Akte.

Der Möglichkeit, sich als Frau mit diesem Thema zu beschäftigen, war ein aufreibender Kampf vorausgegangen. Erst im Laufe des 19. Jahrhunderts hatte sich die Aktdarstellung als eigenständiges Thema in Europa, insbesondere in Frankreich, immer mehr durchgesetzt. Auch das Publikum nahm sich nun die Freiheit, auf Ausstellungen die erotischen Schilderungen der Franzosen ungeniert und mit offensichtlichem Interesse zu betrachten. Dennoch dauerte es noch fast bis zur Jahrhundertwende, bis auch Frauen vereinzelt als Aktmalerinnen auftreten konnten. An der konservativen Ecole des Beaux-Arts in Paris kam es am Anfang des 20. Jahrhunderts sogar zu handfesten Protestaktionen der männlichen Kollegen, als Frauen der Zugang zu den Aktklassen endlich gewährt werden sollte.

Den Anstoß, sich immer wieder aufs neue mit dem weiblichen Akt künstlerisch auseinander zu setzen, verdankte Lene Schneider-Kainer ihrem mehrjährigen Aufenthalt in Paris, wo sie die modernste französische Malerei ausgiebig studieren konnte. Ihre konturbetonten sinnlichen Aktzeichnungen verweisen eindeutig auf ihre Pariser Schulung, die sich an Künstlern wie Edgar Degas und Pierre Bonnard orientierte. Lene Schneider-Kainers Darstellung lesbischer Paare innerhalb der *Hetärengespräche* zeigt ihre Kenntnis der Werke Henri de Toulouse-Lautrecs und Auguste Rodins, aber auch ihre Beschäftigung mit der erotischen Zeichenkunst ihres Landsmannes Gustav Klimt. Lene Schneider-Kainer bewies 1920 mit der Illustration der *Hetärengespräche,* dass sie genügend Mut und Selbstbewusstsein besaß, um mit ihrer künstlerischen Arbeit von der Gesellschaft vorgegebene Grenzen zu überschreiten. Sie demonstrierte mit ihren erotischen Grafiken ein hohes Maß an Autonomie und Extravaganz, Eigenschaften, die zwar von ihrem Umfeld – der Berliner Boheme – unterstützt und gefördert wurden, die aber noch nicht für alle Gesellschaftsschichten selbstverständlich waren. »Das Werk darf nicht weiterverkauft werden, weil es mit Ausschluss der Öffentlichkeit erscheint, ebenso ist es unzulässig, es jungen Personen zugänglich zu machen.« Mit diesem Hinweis schützte sich der Verlag gegen den Vorwurf der Pornographie und erhöhte gleichzeitig mit dieser Warnung die Neugier des Publikums auf den vermeintlich sexuell anstößigen Inhalt der *Hetärengespräche.*

Dass Lene Schneider-Kainer mit ihren Akten den Geschmack der Kunstliebhaber traf und bis heute trifft, beweist die Tatsache, dass sich von keinem anderen Motiv innerhalb ihres Werks vergleichbar viele Einzelblätter in privatem Besitz befinden.

Bonn, im März 2000
Sabine Dahmen

Wir danken Herrn Engelbert Sudbrock, Billerbeck,
für die Abdruckgenehmigung der Lithographien
Lene Schneider-Kainers.

Die Deutsche Bibliothek - CIP-Einheitsaufnahme

Lukian <Samosatensis>:
Hetärengespräche / Lukian. Mit Ill. von Lene Schneider-Kainer
und einem Nachw. von Sabine Dahmen.
- 1. Aufl. - Dortmund : Ed. Ebersbach, 2000
(Blue notes ; 9)
Einheitssacht.: Dialogi meretricii <dt.>
ISBN 3-934703-01-1

1. Auflage 2000
© edition ebersbach
Bornstr. 68, 44145 Dortmund
www.edition-ebersbach.de

Umschlaggestaltung unter Verwendung eines Fotos von Lene
Schneider-Kainer: Antje und Sybille Hassinger, Dortmund
Satz: Verlag Die Werkstatt, Göttingen
Druck und Bindung: Westermann Druck, Zwickau
Alle Rechte vorbehalten

Sabine Dahmen

Leben und Werk der jüdischen Künstlerin Lene Schneider-Kainer im Berlin der 20er Jahre

406 Seiten, viele, zum Teil farbige Abbildungen
ISBN 3-931782-99-9

Die in Wien geborene Malerin und Graphikerin Lene Schneider-Kainer (1885–1971) teilte mit den Franzosen die Liebe zu flüchtigen Motiven und die Bevorzugung einer hellen Farbpalette, mit der sie sowohl die Eindrücke verschiedener Städte und Landschaften als auch die Sinnlichkeit ihrer weiblichen Modelle insbesondere in der Aktmalerei bzw. der Aktzeichnung wirkungsvoll festhielt. Ihre Bilder, die eine spannungsvolle Position zwischen dem französischen Impressionismus und seiner Gegenbewegung, dem deutschen Expressionismus, einnehmen, erzielten auf Ausstellungen große Erfolge. Als Berlin sich mehr und mehr zu einem nationalsozialistischen Minenfeld entwickelte, verließ die jüdische Malerin Deutschland und gründete auf Ibiza ein Hotel für emigrierte Künstler.

edition ebersbach

Bornstraße 68 · 44145 Dortmund · www.edition-ebersbach.de
info@edition-ebersbach.de

blue notes

Radclyffe Hall

Deine John

Die Liebesbriefe der Radclyffe Hall

Aus dem Englischen übersetzt
und mit einem Vorwort von Annette Huber
120 Seiten, Halbleinen, Abbildungen
ISBN 3-931782-32-8

Im Jahre 1934 verliebt sich Radclyffe Hall in die weitaus jüngere, mittellose russische Emigrantin Evguenia Souline, an die sie ihre zahlreichen Liebesbriefe schreibt, manchmal mehrere an einem Tag. Diese späte Leidenschaft verändert nicht nur ihr Leben und das Evguenias, sondern auch das von Una Troubridge, der langjährigen Lebensgefährtin Halls. Neun Jahre pendelt das ungleiche, sich vor Eifersucht zerfleischende Trio zwischen London, Paris und den Grandhotels der Riviera hin und her, unfähig, die für alle Seiten schmerzhafte Beziehung zu lösen …

Inga Westerteicher

Das Paris der Simone de Beauvoir

128 Seiten, Halbleinen, viele Abbildungen
ISBN 3-931782-60-3

Dieses Buch schenkt dem persönlichen Paris der Simone de Beauvoir besondere Aufmerksamkeit, den Orten, die ihr viel bedeuteten, weil sie sich dort mit Freunden traf oder weil diese für sie auf ihrem Weg zur Schriftstellerin, Feministin und politischen Aktivistin wichtig waren. Ein Spaziergang durch Beauvoirs Paris mit Auszügen aus ihren Werken, Briefen und Tagebuchnotizen, erstmalig auch aus ihren bisher unbekannten Jugendtagebüchern (1926–1930) – und natürlich mit vielen Fotos. Eine Paris-Karte sowie ein Register der Örtlichkeiten erleichtern dem weiblichen wie männlichen Flaneur auf Beauvoirs Spuren die Orientierung.

edition
ebersbach